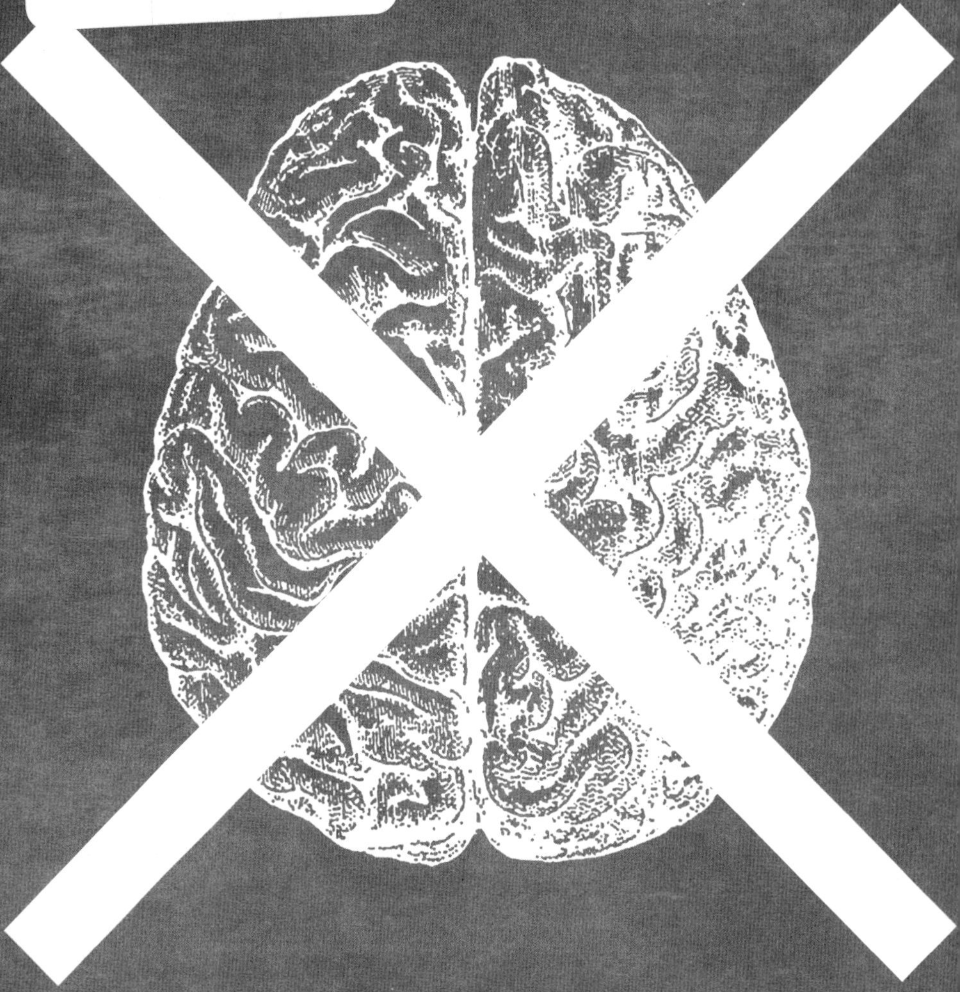

所有記憶都是可疑的……

人類在「回憶」與「想像」時，
大腦活動區域的重疊性很高，
記憶，是可以自行造假，
你……真相信你的記憶嗎？

TIME CAPSULE

TIME CAPSULE

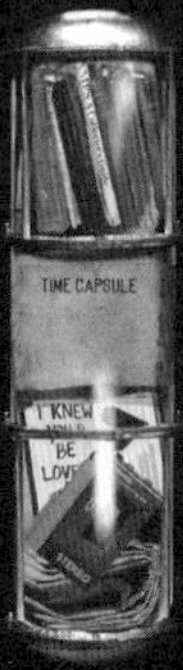
TIME CAPSULE

TIME CAPSULE

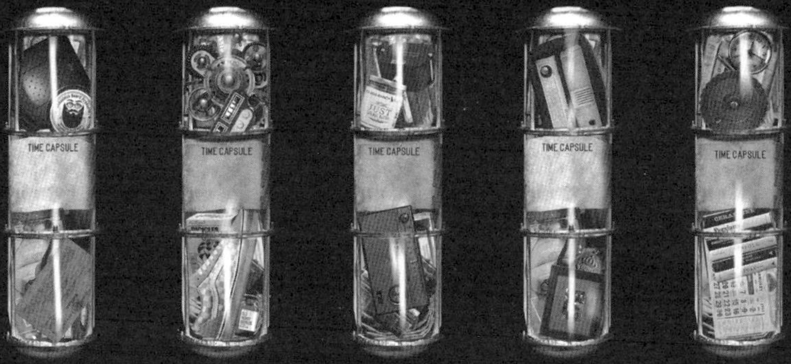
TIME CAPSULE
TIME CAPSULE
TIME CAPSULE
TIME CAPSULE
TIME CAPSULE

SERVICE ELEVATOR

DON'T BELIEVE IN
YOURSELF!!

序章 PROLOGUE

我叫梁家威。

是一位香港作家，已經出版了六十二本書籍，加上這一本，是六十三本。

今年是我成為作家的第十個年頭，對，這麼快就十年了。在香港做作家，是瘋子的行為，如果是一位全職作家，應該就是瘋子中的極品。

如果你問我是如何堅持？我只能跟你說，有時連我自己也不知道，我只知道，寫作不是我的工作，而是我的職業，我很喜歡的職業。當我走入了自己的世界時，是最快樂的，我可以不用跟任何人去接觸，主角是我、配角是我、奸角是我，那隻貓，也是我。

而且我可以暫時離開這個恐怖的社會、可怕的世界，走入一個只有我的空間，我可以殺人、可以被殺、可以是一個富有正義感的好人、可以是一個出賣朋友的賤人，也可以是被肢解時痛苦得死去活來的死者。

也許，對很多人來說，寫幾萬字去創作故事是一件非常痛苦的事，不過，對我來說，寫作，反而是我的……COMFORT ZONE。

一個讓我忘記現實煩惱的COMFORT ZONE。

還有一件讓我很慶幸的事，就是我……「不怕文字」。

我要謝謝從前的自己。

從中學時代開始，我已經開始寫日記，由1995年12月31日開始，直至2000年12月20日，我一共寫了五年的日記，一天也沒有停過，一千八百一十六日從來也沒有停止過。

一千八百一十六日，就是……

43584小時。

2615040分鐘。

156902400秒鐘。

寫滿了十一本日記簿。

就如我寫小說一樣，我也沒有怎樣去想堅持不堅持，因為用文字去記錄我的人生，也是一件很快樂的事，尤其是當你很多年後再次回看自己寫過的故事，你絕對會心微笑。

這個人真的是我嗎？

我又怎會寫這些事？

我討厭最好的朋友？

我曾喜歡過這個人？

然後，你再回心一想，這個人，的確就是自己。

無論那天有沒有發生特別的事，甚至是寫著「今天真的很無聊」也好，沒有一天是沒有寫的，就算日記簿不在身，真的沒有寫，我也會用紙記著當天發生的事，然後在第二天寫回去。

不會超過二十四小時。

你還記得執筆寫字的感覺嗎？不在鍵盤中輸入，而是親筆寫字。

我的字非常醜，不過，日記不是只讓自己看的嗎？字醜又有什麼問題，根本沒有人會看我的日記，只有我自己。

在最後一本，就是第十一本日記，最後一篇日記的日子是2000年12月20日，然後就是空白頁。

突然，我在想一個五年也沒有一天不寫日記的人，為什麼會停止了寫日記？我完全沒有記憶。

或者，這是一種職業病，我很喜歡去了解每件事件的來龍去脈，而且這次「沒寫下去」的人，就是我自己，我更加想了解。

我看了最後一星期的日記內容，沒有什麼特別，都是跟平時一樣，寫著一些日常生活，也沒有提過不再寫日記的事。

雖然我忘記了為什麼不再寫日記，但我記得在某一年，我再次寫日記。

不過，因為時代的發展，我已經沒有執筆寫，而是改為在電腦鍵盤打字。

然後，我在MACBOOK中找尋我最早在網上寫的日記，不是XANGA、也不是MSN SPACE，這些已經是2005年寫的，在之前，還有更早寫的日記。

我用了兩個小時尋找，終於，從YAHOO EMAIL的頁面中，放在最角落的位置有一個細小的ICON，我終於找到在電腦中最早寫的日記。

這是一個YAHOO的記事簿，已經很舊，甚至我覺得已經沒有人會再用。在這網上記事簿中，最早的日記是2003年12月14日，日記的內容是關於一個西洋菜街的故事。

我曾經把這個真實的故事，寫成短篇的愛情小說《西洋菜街的天空》。

對，應該沒錯，我就是因為那個女生，所以才會再寫日記。

由那天開始，我也在網上寫日記，之後出現的XANGA，然後就到FACEBOOK，現在都是用INSTAGRAM文字與圖片去記錄我的人生。

我打開了INSTAGRAM看，直至現在已經有八千多張相片，也許，別人是用來宣傳，做什麼KOL，但我絕對不是，我只是習慣了寫寫屬於自己的生活，更何況，嘿，我也推了不少的廣告邀請。

就算，現在已經改變了寫日記的方法，我依然是……

「天天寫、日日寫，沒有一天停下來。」

如果是這樣，反而更奇怪了……

「由2000年12月21日至到2003年12月13日這接近三年時間內，我沒有用任何文字去記錄屬於我的人生。」我對著空氣說。

在凌晨時份自言自語是我的習慣。

問題是，我是一個這麼愛寫東西的人，為什麼會沒有任何的記錄？

我在回憶當年所發生的事。

「曾在旺角與銅鑼灣工作，還是一位賣鞋仔，沒什麼儲蓄吧，發生了西洋菜街的故事……還有呢？」

人類的記憶很奇妙，當你想記起某些事情時，都總是記不起來，反而，已經忘記了，回憶又會自己走出來。

我沒有任何頭緒，我再一次打開第十一本日記簿，想看看有沒有看漏了什麼。

就在此時，有東西在空白的頁數掉了下來，我在地上拾起來看。

「戲票？」

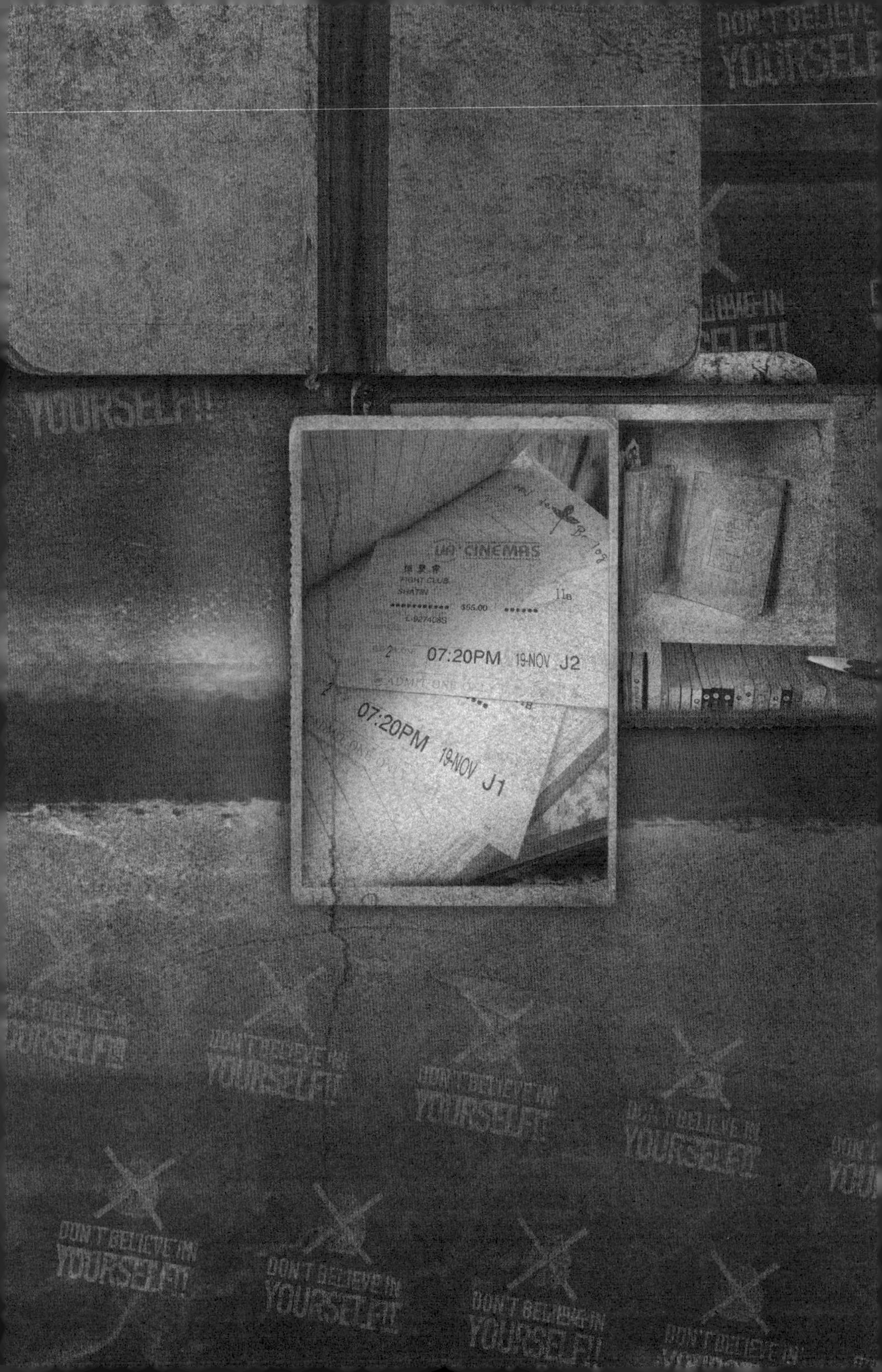
DON'T BELIEVE IN
YOURSELF!!
UA CINEMAS
FIGHT CLUB
SHATIN
$55.00
07:20PM 19-NOV J2
07:20PM 19-NOV J1

片名 —— **《搏擊會》FIGHT CLUB**

地點 —— **沙田 UA**

日期 —— **1999年11月19日**

時間 —— **07:20 PM**

座位 —— **J1、J2**

由David Fincher執導，Brad Pitt與Edward Norton主演的《搏擊會》已是經典了，我不會忘記這套電影，不過，問題是……

我記得我是在家看VCD，而不是去戲院看。

當年的我也未懂得入戲院欣賞這種帶有「深層意義」的電影，我是好幾年後才買碟回家看。

為什麼當年我會去看？

我是跟誰去看？

我立即揭到1999年11月19日的日記。

「怎……怎會？」我驚訝。

11月18日，然後就是……11月20日，即是說，我沒有寫下19日的日記！

眉頭緊皺的我，把椅背傾後，看著頭上的吊燈回憶與思考著。

「就這一天沒有寫？還是寫在其他地方了？沒有寫日記但又夾著兩張戲票？不會吧，我明明就沒有儲戲票的習慣，這戲票不是我的嗎？但我的日記根本不會有其他人會接觸得到……」我又在自言自語。

然後，我從最後一本日記的第一頁開始揭開查看，一直看到2000年12月20日，只有11月19日沒有寫日記，我再看看這日子之前與之後的日記內容，也沒有特別，就是記錄著上班的事，還有寫下當天賣出多少對鞋之類的。

當年我應該是初入職MIRABELL這間鞋店，在太子與旺角工作。

然後，我決定把十一本日記，從1995年12月31日開始揭開來看，看看有沒有另外一天我是沒有寫下日記。

第一本……第二本……第三本……

我一直揭一直揭，我想應該花了數小時，終於把十一本日記全部日子也看了一次。

沒有，一千八百一十六日之中，只有1999年11月19日是沒有寫當天的日記。

「實在……太詭異了……」

人類的記憶會出錯，所以才需要用文字去記錄下來，這點我當然最明白，但反過來說，我沒有記錄這一天，是因為我不想讓未來的自己記起當天發生的事？

我看著快天亮的天空，心情帶點恍惚，一不小心把日記簿掉倒在地上，我連忙把它們拾起，它們是我的回憶，我最珍而重之。

就在此時……

第十一本日記翻到去最後一頁……

我發現了……

寫著一行文字……

字很醜，沒錯，是我自己寫的……

突然，我全身起了雞皮疙瘩，有一種心寒的感覺。

「為什麼我會這樣寫？」

「究竟發生了什麼事？」

「誰可以跟我說明？！」

這一句文字是寫著……

……

……

……

……

「別相信之後三年的記憶。」

……

……

……

孤泣懸疑小說《別相信記憶》

正式開始。

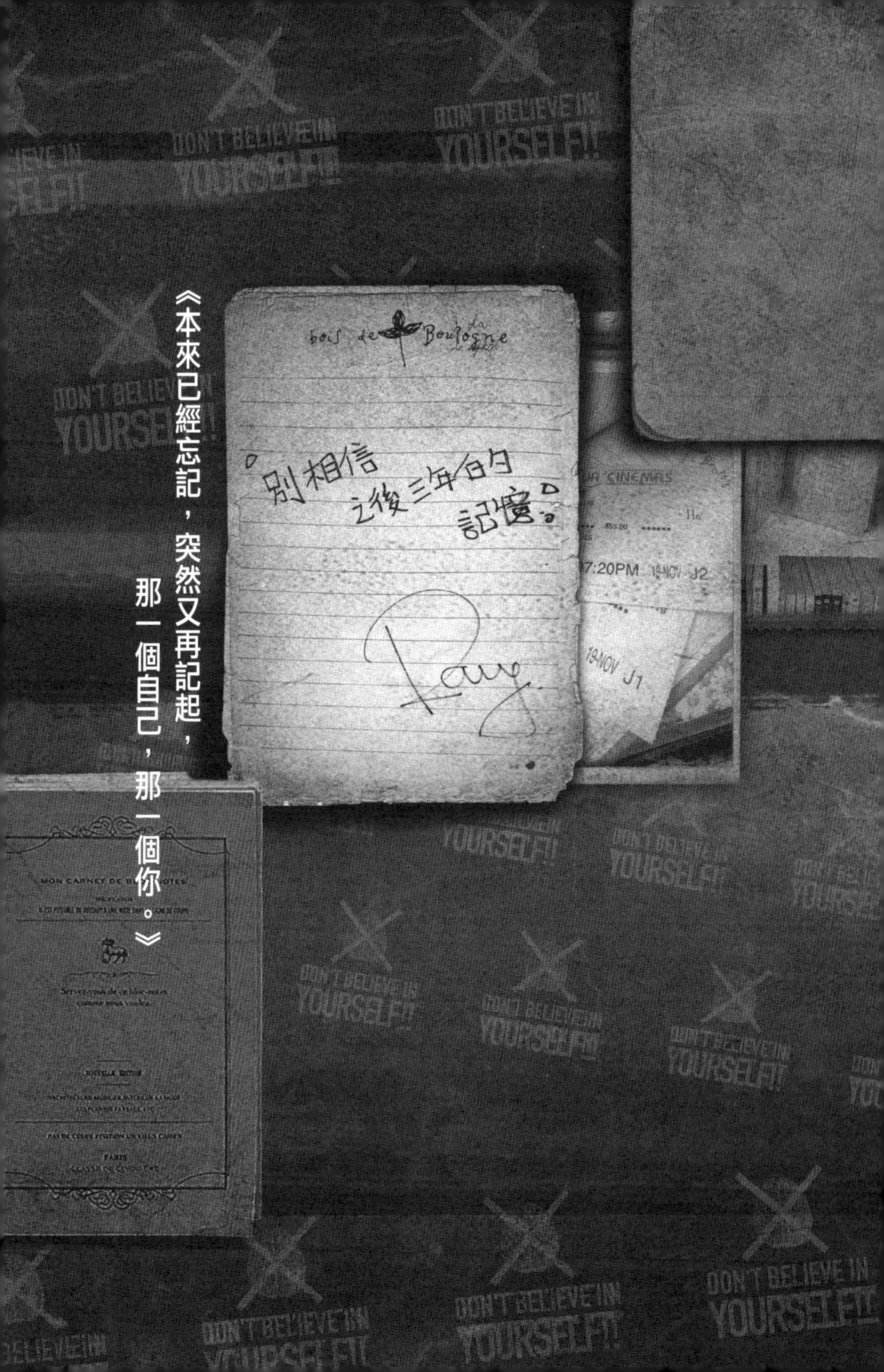

《本來已經忘記，突然又再記起，
那一個自己，那一個你。》

DON'T BELIEVE IN
YOURSELF!!

記憶 MEMORY

01 記憶 MEMORY

一星期後。

中環某甲級商廈。

我參加了一個有關記憶的心理學研究測試，現在，課室內正播放著一條影片。

影片是一宗真人真事的街頭搶劫，發生在倫敦某條人來人往的大街上，是由一台安裝在燈柱上的攝影機提供的畫面。

古哲明博士要測試的人員集中精神一起看著片中的畫面，然後他會發問問題。而他提醒我們有一位女性路人被搶走手袋，我也留心地看著那條大街。

行人眾多，入鏡出鏡，不斷有不同的女生被攝入畫面之內，我當然也特別留意古哲明所說的「女性路人」。

就在四分三十二秒，畫面左方，突然一個男人快速走向一位中年女人！他一手把她的手袋搶去！不足兩秒，那個男人已經走出了攝影機拍攝的範圍。

畫面停止。

「大家也看到了嗎？那個中年女人被搶去手袋的一幕。」古哲明說。

在場的研究人員都點頭示意。

「好吧，現在我想問你們一個問題。」古哲明托托眼鏡：「請問那個手袋是什麼牌子？」

嘿，什麼牌子？

攝影機的畫質並不好，而且在眾多的路人中，我們只是留意著「女性路人」這個提示，根本就沒有留意手袋是什麼牌子。

「應該是GUCCI！」

坐在我身邊的女生，突然舉手大聲說，我看看她的樣子，是一位長髮、嘴巴細小，二十出頭的女生。

「為什麼是GUCCI？」古哲明問。

「因為我記得是黑色的，而且那個手袋的尺寸應該就是女人常用的GUCCI手袋形狀！」她說。

「哈，很好，請大家給這位女士一點掌聲。」古哲明說。

我也勉勉強強地拍手。

「可惜，這位女士已經入掉入了一個『品牌效應』的錯誤記憶之中，當畫面出現了『大約』又或是『有可能』的類似物件之時，大家就會先入之見地認為是自己所想的那件物件，就像這位女士的說法一樣，她認為是GUCCI手袋，不是真正的看到，而是在記憶中想起了這個牌子的手袋有類似的形狀，而且是黑色的。」古哲明詳細地解釋：「答案是錯的，謝謝妳的回答。有沒有其他人可以回答我？」

然後，其他的測試人員開始說出自己所看到的，可惜沒有一個人答對。

「其實，根本就不知道是什麼牌子，你只是要讓我們從『想像』中把『回憶』重疊。」

就在大家也正議論紛紛之際，我對著古哲明說。

他給我一個凌厲眼神，微笑看著我。

「這位先生，答對了。」他繼續說：「的確，我就是想讓你們想像出虛假的記憶，當人類在『回憶』與『想像』之時，大腦活動區域的重疊性會非常高，然後，大腦就會給出一個未必是真實的答案，其實真相是，在短短的時間中，根本沒法看出手袋是什麼牌子。」

就是了，我們的大腦偽造了記憶。

「請給這位測試人員一點掌聲。」他說。

我有點尷尬地微笑點頭，其實我也不是想要掌聲呢，嘿。

「這只是測試問題的熱身題，現在這條問題，才是這次研究測試的重點。」

古哲明看著我奸笑，他好像在向我挑戰一樣。

「請問……」他指著自己的身體：「那個搶去手袋的小偷，是穿著什麼顏色的恤衫？」

原來如此。

我明白了。

他一直在誤導我們。

重點不在於「女性路人」與「手袋牌子」，而是可以清楚看到的「顏色」。

他先引導測試人員走向一個錯誤的記憶方向，然後才真正問出這個問題。

「是紅色。」我第一個回答。

《你記得自己曾經很愛他，你有想過其實你記錯嗎？》

02 記憶 MEMORY

「怎會是紅色？是灰色的。」另一個測試人員說。

「對，我也看到灰色！」

「但我跟這位先生一樣，看到是紅色啊！」

在課室內的人，開始討論起來。

如果是紅色與粉紅色，又或是深藍色與淡藍色之分，也許大家都看到是相同的顏色，只是各人的眼睛色差有不同。不過，現在卻是紅色與灰色的分別，是完全兩種不同的顏色！

「我是看到灰色，會不會是你看錯？」坐在我身邊的女生問我。

「沒有錯，是紅色，怎會是灰色？」我說。

「因為那小偷偷手袋時，的確有另一個著紅色恤衫的男人走過，會不會是你……」

她沒有說出「看錯」兩個字，但她所說的也不是沒有道理，不過……我還是堅定覺得那個小偷是著上紅色恤衫。

然後，古哲明吩咐課室內的測試人員投票，三十七人之中，有七個人是投紅色，另外三十人是投灰色。

怎會這樣？

「好吧，這次是有獎罰的投票，答中的人可以在下一次參加我們的研究測試，但答錯了，對不起，你們要回家了。」古哲明說：「給大家一分鐘時間，之後我會再次投票，你們的答案可以改變。」

可以改答案……

「我的問題是，小偷是著上什麼顏色的恤衫？」他再次說。

如果是看錯……也不會有三十人一起看錯吧？

難道真的是我自己看錯？

就像那個女生所說嗎？有一個著上紅色的男人同時走過，所以我也誤以為是紅色？

我在腦海中不斷回憶著剛才的畫面。

「還有三十秒。」

我腦海中的記憶愈來愈模糊，的確，好像是灰色的，是我看錯了？而且如果以人數來說，根本不會有這麼多人一起看錯是灰色，只有七人看錯是紅色，這個假設會比較合理。

好吧……

「時間到！現在再一次投票，跟之前一樣吧，因為只出現了兩個不同的答案，我們就來投選，是灰色還是紅色。」古哲明說。

我當然想繼續參加之後的研究測試吧，我不想錯過！或者是我記錯了，最後我選擇是……

「看到是灰色的，請舉手。」古哲明說。

我看著全場的測試人員，全部一起舉手，包括了我。

在大家的臉上出現了滿足的表情，三十七人全部都知道自己答對了。

「很好，恭喜你們。」古哲明微笑：「現在我們再看一次剛才的影片。」

不錯呢？看來全部人也過關了，可以參加下一次的研究測試。

畫面來到四分三十二秒，小偷出現……

我瞪大了雙眼……

呆了。

然後是全場掌聲雷動！

那個小偷是穿著……

「紅色」的恤衫！

即是說，全場三十七位測試人員都同時答錯！

不會吧？會不會是第二次播放的影片做了手腳？

我明明就記得是灰色的……

等等……

不，我本來說是紅色的，我一開始也說是紅色的！

「這是一種……『記憶心理效應』。」古哲明一面拍掌一面說。

我看一看那個女生，她也看著我微笑了。

《比起快樂的片段，你比較記得最痛苦的那個晚上。》

03 記憶 MEMORY

「人類會對記憶有偏見、假定、先入之見等現象，不過，當出現了不合理的群眾壓力時，我們的大腦就會自動用一些自己認為合理的資訊，填補記憶中所遺失的部分，好比當有大多數人是看到灰色時，人類的邏輯就會去想……可能是我的錯呢？」古哲明說。

我認真地聽著古哲明的解釋。

「如一些犯罪案件，目擊證人也有機會被大眾誤導，就算，他本身是一個誠實的人。比如某一些強姦案為例，在人類的腦中會先對某些既定形象有一個定義，如一位猥瑣大叔被懷疑，大家也會先入為主地認為他是罪犯，不是因為他有罪，而是因為在我們的記憶中，曾在某套電影中出現過類似的大叔，我們就會把他歸納為……『比較有機會犯罪』。」

「我們腦海中的回憶，也會不自主地控制著大腦，讓大腦因此而有所偏差。」那個女生站了起來說：「在現在社會的司法體系之中，有很多冤案當初被誤判的原因，就是因為『偽記憶』。」

她走到古哲明身邊。

「這一種虛假記憶(False Memory)可以是因為既定了的回憶，又或是群眾壓力而出現。」

她看著我：「我還沒自我介紹，我是古哲明的助手，我叫黃凱玲。」

「發⋯⋯發生什麼事？」一位在場的測試人員問。

「對不起，我們從一開始已經欺騙了你們。」古哲明的手搭在黃凱玲的肩膀上：「不過，這次的研究實驗總算成功了。」

然後在座位上的測試人員，慢慢地站了起來。

我還不明白發生了什麼事。

「三十七人之中，包括我，有三十人是我們的人。」黃凱玲說：「其實只有七個是真正的測試人員。」

嘿，我笑了。

原來如此。

古哲明對著我輕輕一笑，怪不得剛才他的眼神好像在挑戰我一樣吧。

這次我中了他設下的「陷阱」。

「今天做的是短期記憶(Short-term memory)測試，明明小偷沒有穿上灰色恤衫，卻被我們三十人而影響，然後七位真實的測試人員，經過多次腦內『重溫』後，全部都信以為真，把假記憶當作真體驗。」古哲明說：「不過，不只是短期記憶，其實長期記憶更容易被植入錯誤資訊，下一次研究測試活動，我們將會測試人類的長期記憶，當然，答錯被取消資格只是說笑而已，哈。」

他說出了下次研究測試的時間日子後，這次的活動結束，測試人員與他們安排的人也一起離開，只有我留了下來。

「古SIR，我被你騙到了。」我笑說：「被你打敗了。」

「不，你是被你自己的記憶欺騙了。」他微笑：「叫我古哲明可以了。」

他看似跟我差不多年紀，在銀色的眼鏡框下，有著一雙目光敏銳的眼睛。

「而且，第一回合你答對了正確的答案。」古哲明跟我握手：「就當是打成平手吧。」

「第二次我也有引導你出現錯誤的記憶呢。」站在他身邊的黃凱玲說：「你也不算是被打敗。」

我正面看著這個叫黃凱玲的女生，樣子甜美，有著一對大眼睛。

如果我沒估錯，她在第一次問題測試時，是有心舉手說「GUCCI」，然後讓其他人開始熱烈討論。

「實不相瞞，其實我是一位作家，我除了想參加你們的研究測試以外，我還想了解一些有關記憶的問題。」

我直接地說出我的身分與自我介紹。

「啊？原來你是作家，真的沒想到。」古哲明有點愕然。

我習慣了，因為我的外表一點都不像一個作家。

「你想知道什麼有關記憶的事？」

「我想知道……」我在想如何表達。

「我想知道，一個人有沒有可能刻意把自己的記憶隱藏？」

「刻意隱藏自己的記憶？」他皺起眉來。

《如果給你忘記某一天的記憶，你會選擇忘記自己最痛苦的那天？還是看著別人最痛苦的那天？》

04 記憶 MEMORY

很矛盾的說法。

如果是屬於「自己的記憶」，要如何去隱藏？

我說的，不是忘記，而是「隱藏」。

就好像你想忘記一個傷害你很深的人，但你愈是想忘記愈會記起，你提醒自己別要想他……別要想他，其實本身已經在腦海中想起了他。

他倆人也出現了一個帶有疑問的表情。

「你意思是想忘記某部分的記憶？」古哲明問。

「不，不是忘記，而是刻意隱藏。」

「刻意隱藏自己的記憶？很有趣呢？」他雙眼發光似的：「你有時間嗎？我想知道更多有關你所說的問題。」

然後，我們三個人坐了下來，我簡單說出了日記簿的事。

「我來組織一下啊。」黃凱玲用手指點點自己的嘴巴：「你在舊日記中找到兩張戲票，但你沒有任何印象曾經去過戲院看這電影，同時，你在五年內只有那一天沒有寫下任何日記，你覺得自己是在刻意隱藏那天所發生的事。」

「問題就在……」古哲明托著腮說：「你愈刻意隱藏，其實就會愈記得清楚吧。」

「沒錯！」就如我所說的愛情理論，愈想忘記愈是提醒：「如果我記得清楚，我現在就不會忘記當天究竟發生了什麼事了！」

我只說出了1999年11月19日戲票的事，沒有說出我想找出不再寫日記的理由。

「這是間歇性失憶？」黃凱玲看著古哲明。

「間歇性失憶診斷分成四種，局部性失憶、選擇性失憶、全盤性失憶、連續性失憶。」古哲明說：「不會是局部性失憶與全盤性失憶，也不是連續性失憶，你的情況有一點像選擇性失憶。你有沒有受過什麼嚴重打擊，引致情緒出現嚴重問題？」

我搖頭：「沒有，應該說是我懂如何去處理情緒，而且問題是……」

「你覺得自己是刻意把戲票放入日記，反而不是想『選擇忘記』，而是想『選擇記起』。」

古哲明已經說出了我的想法。

「就是這樣了，如果我選擇忘記，我根本不會放入戲票讓我自己追查，而且我非常清楚我自己，如果多年後被自己發現了，我一定追查下去！」我說：「所以我不覺得我是失憶，而是刻意隱藏自己的記憶，然後，再讓自己追查下去。」

「梁先生，你好像在說有另一個人在隱藏你在11月19日的記憶一樣，真像小說的情節呢。」黃凱玲莞爾。

我給她一個無奈的笑容。

「我想知道是否跟記憶有關，所以我才會來這裡做測試人員，我想知道人類可否刻意把自己的記憶隱藏？而且，只是隱藏一天的記憶。」我說。

「按照人類記憶的內容可以分為五類，形象記憶、情境記憶、情緒記憶、語義記憶以及動作記憶，而你卻有一天沒有了這五類記憶，不是因為心理病，也不是因為腦袋有問題……」古哲明高興地說：「有趣有趣！梁生，我會嘗試找出有關的案例，我不太確定你所說的『刻意隱藏記憶』詞彙是否正確，不過，我會找出更多相關的資料。」

「謝謝你。」我禮貌地說。

「我有一個問題！」黃凱玲像剛才一樣舉起了手。

「請說。」我說。

「梁先生，你⋯⋯不會是在寫小說吧？我指你所說的事情，不是因為要寫小說才想出來吧？」黃凱玲問。

然後，我把手機給她看，相片內是《搏擊會》的戲票，還有我的十一本日記。

「或者，我會把這個故事寫成小說，不過，最重要是，我想在現實中找出真正的答案。」我認真地說。

「這一定很吸引呢！」她高興地說：「哪我會不會出現在小說之中？」

「或者吧，嘿。」

真有趣，我經常聽到這句說話，大家都總是想自己出現在一本小說之中，這麼多年也沒有變。

「還有一件事。」我微笑：「別叫我梁先生了，你們可以叫我⋯⋯」

「子瓜。」

《你依然記憶愛著他，卻沒法現實中說話。》

05 記憶 MEMORY

如果我問你，2018年4月3日那天，你做過什麼事？跟什麼人在一起？

你會記得嗎？

或者，你不會記得，不過你卻可以從你的社交網頁、行事曆、手機通話記錄等等，找到當天大約發生過的事，現在的科技，的確幫助我們記著很多忘記了的事。

手機相簿內的相片，會顯示拍攝日子、地點，社交網頁也會有「當年今日」來提示你，這可說是這十年來人類世界最大的改變。

但二十年前呢？1998年的4月3日那天，你又記得自己做過什麼？

從前的日子，沒有現在的科技，我們只能用腦袋記著、用手寫著，把重要的事記錄下來，就好像我寫的日記一樣。

如果真的忘記了，也沒有記錄下來，我還有什麼方法可以知道，當年某一天發生過什麼事？

就是直接尋找「當事人」。

1999年11月19日，兩張《搏擊會》的戲票……

兩張戲票……

我從來沒試過兩個大男人一起去看電影，就算是跟男性朋友去看電影，都會是一班人。這樣說，我就是跟女性去看吧？

當年我跟誰去呢？

應該會是當年的女朋友。

不知道你會否記得，在那一年跟那一位前度曾經一起過呢？

我沒有忘記。

在人來人往的生活之中，無論他是傷害你的，還是讓你遺憾的人，他也曾在你生命之中扮演過一個很重要的角色，我們應該感謝他曾經讓自己成長。

所以，在我寫過的文章與故事中，從來沒有說過「前度」一句壞說話。

無論是我傷害過的，還是傷害我的，他們都是我的……「經歷」。

嘿，又寫到離題了。

我看著咖啡店外的天空，讓眼睛休息一下。

「又在寫小說嗎？」

我給她一個微笑。

她來了，放下了手袋坐了下來。

「看來我的大作家真忙呢？」她說。

「妳也應該很忙吧？孩子才不到一歲，應該花很多時間去照顧。」我說。

「對啊！你看我有多重視你？你一約我出來，我就飛撲出來了！」她在揶揄我：「我約你卻總是找不到人！」

「不是呀⋯⋯」

「不過見你終於兌現了我們的承諾，就算你吧！」

她說的，是我在二十年之後，終於兌現了「作詞人一欄中，寫著我筆名」的承諾。

她叫黃美晶，她是我的⋯⋯初戀情人。

或者，對很多人來說，初戀只不過是「一場誤會」，不過對我來說，卻是很精彩的「序章」。

當年是我跟她提出分手，後來她原諒我了，也差不多是二十年前的事，我們也沒有再討厭著誰，成為了一世的朋友。

我們都有各自的生活，可能幾年才會見一次面，不過我們的回憶是永遠不會改變的，每次約出來也許都是說著相同的往事，不過，這永遠是屬於「我們」的回憶。

「實不相瞞，其實我想問妳一件事。」

然後，我把手機拍下的戲票給她看。

「妳記得有跟我一起看過這套電影嗎？」我問。

《即使沒有完美的結局，仍然可以快樂地生活。》

*「兌現我們二十年的承諾」的故事，請收看書中最後孤泣小故事——《我們的約定》。

06 記憶 MEMORY

美晶拿起了手機看：「1999年……在沙田UA戲院……《搏擊會》……」

「妳當年是住在馬鞍山的，跟沙田很接近，而且如果是兩個人去看電影，我只會跟女朋友去，那個人應該就是妳了。」我希望令她回憶起來。

「等等……你現在是說接近二十年前的事……」美晶皺起眉頭：「我怎會記得呢？」

「再想一想吧，《搏擊會》是由畢彼特演的，妳有印像嗎？」我說。

「為什麼會給我看這兩張戲票？還要問我過去的事呢？你先快從實招來吧！」

我苦笑了，她的性格這麼多年也沒有改變，還是要先知道事情才會去幫助。我把事情和盤托出，她聽到瞪大了雙眼。

「不會吧？你不是在說小說的橋段？」她非常驚訝。

「也許比我寫過的小說更懸疑……」我嘆了口氣：「因為是真實發生了。」

「你說最後一頁寫著『別相信之後三年的記憶』？是你自己寫的嗎？」她問。

「對，是我自己寫的。」

「看電影那天，你沒有寫日記？」

「沒有，18日就跳到20日了，五年內只有一天沒有寫。」

「很奇怪呢。」她想了一想：「老實說，我的確有看過《搏擊會》，不過我真的忘記了是不是跟你在戲院看。」

「一點印象也沒有？」

「笨蛋，就算你問一萬人，一萬人零一個也不會記得吧？已經是接近二十年前的事。」

「的確也是……」

「不過……」她跟我奸笑：「我有方法知道呢？」

我立即精神起來：「你有方法知道？怎知道？」

「你忘了嗎？」

「忘了什麼？」

「跟你一起的那年……我也有寫日記！」

我看不見自己的樣子，不過我知道我正流露出超高興的表情！

「不過，我要回家找找，因為我已經把舊物放在雜物房了。」

「妳一定可以找到的！」我高興地說。

「知道了，知道了，我盡量找吧。」美晶說：「梁家威，其實你有沒有發現你的人生都很特別？」

「什麼意思呢？」

「我怎說也是你的初戀情人，即是說，由你懂得戀愛開始，已經認識你了！而在我人生遇過的人之中，你是最奇怪的！」她想了一想笑說：「我意思是你的人生很特別，你由一個每天都跟我說有什麼什麼理想，在這二十年之間你一步一步兌現了你的夢想，現在還成為了香港已經很少有的全職作家！你記得嗎？當年你只是一個蹲在地上幫別人綁鞋帶的小男孩，而且讀書成績又差……」

「妳是在揶揄我嗎？」我笑說。

「你的確是個怪人，我是在讚賞你！」她指著我：「就像這件事一樣，正常的人根本不會連續寫五年的日記，而且你又會去追查這些其實跟現實生活沒關係的事，你的人生的確是很特別。」

她一口氣說出她的想法，我也不知道要怎樣回應。

我只會承認自己是一個普通人，只不過，我會記錄著別人不會覺得是特別的事而已，而且我說過了，記錄人生與創作才是我的COMFORT ZONE。

「遇上妳，也是我人生其中一件很特別的事。」我微笑。

「我知道。」

不用多說，我們都明白，如果沒有對方，也許我們不會變成現在的自己。不只是黃美晶，在我們的生命中，遇上不同的人，也許，就會有完全不同的改變。

跟美晶聊天是快樂事，很快我們要離開了。

在最後我提醒她，要回家找找那本日記，她說我真的很囉嗦，嘿。

就在第二天的晚上，美晶打電話給我。

說出了我非常意外的事。

……

…

.

「我找到了日記，翻看了1999年11月19日的日記……」

「當天，我根本沒有跟你去看電影！」

「你當年瞞著我跟那個女生去看了？」

《有時，你現在經歷的傷痕，才是你未來的救命恩人。》

回憶 MEMORIES

01 回憶 MEMORIES

2000年的聖誕節，星期一。

旺角西洋菜南街一間鞋店內。

在街上的商店都在播放著聖誕的歌曲，唯獨這間鞋店，沒有播聖誕歌，卻播放著這年最流行的歌曲，《K歌之王》、《誰來愛我》、《男朋友》、《那麼愛你為什麼》、《愛後餘生》、《天黑黑》、《如何掉眼淚》等等。

「祈求天父做十分鐘好人　賜我他的吻　如憐憫罪人～」

就在楊千嬅《少女的祈禱》的伴奏之下，兩個男同事正在鞋店內聊天。

「威，今晚放工後，我們跟其他店一起去唱歌慶祝，預你一份了。」男店長輝哥奸笑：「你喜歡的那個趙殷娜也會去，你懂我的意思吧。」

「我當然會去吧！」阿威高興地說：「臨走時，我就送她回家，嘿。」

「啊？哈哈，你這個衰仔你壞了！」輝哥碰碰阿威的手臂：「你怎樣了？又說什麼暗戀最浪漫，現在又這麼進取？」

「沒什麼沒什麼！人會變的吧，嘰嘰！」阿威奸笑：「放心吧，無論玩到多夜，BOXING DAY我必定時準時上班！」

「遲到請吃一星期早餐。」

「成交。」

……

‥

．

第二天，2000年12月26日的中午。

阿威返中午的班，他正在換制服之時，店長輝哥入了倉。

「威，你昨晚搞什麼鬼？」輝哥帶點生氣地說。

「什麼搞什麼鬼？」阿威苦笑：「我不是準時上班嗎？」

「不是你，我說趙殷娜！她今天沒有上班！」

「關我什麼事？」

「昨晚你把她灌醉後，就把她帶走了，還說不關你事？」輝哥看一看有沒有人進來：「你是帶她去開房了？」

「沒有，在她的家吧。」阿威想了一想：「嘰嘰，可能我昨天太厲害了，她今天沒上班也正常吧！」

「媽的，我被他們店的店長罵慘了，唉。」輝哥拍拍自己的前額：「他說我的人亂搞男女關係，讓他們店的人都沒法上班。」

「輝哥。」阿威把手搭在他的肩膀上：「放心吧，沒事的，不過那個趙殷娜真的超正，下次我們……一起上吧！」

「你真的瘋了！」輝哥拍開他的手：「不說了，快點換衫！」

輝哥離開，阿威看著他的背影……奸笑了。

✕✕✕✕✕✕✕✕✕✕

2018年，旺角某茶餐廳。

「不會吧……」我瞪大了眼睛看著輝哥。

「什麼『不會吧』？媽的，你當年就是這樣跟我說！」輝哥喝下了咖啡：「衰仔，別要扮自己忘記了。」

「不是這樣……我是指完全不記得有這件事！」我高聲地說。

「我知道你現在都算是公眾人物，不承認也沒什麼問題，放心吧，輝哥我最錫你，你是我這麼多年遇上過最好的下屬，我不會對其他人說的。」輝哥微笑說。

我皺起了眉頭，思考著。

今天，我找來了當年的店長相聚，他說出了當年我跟他一段小故事。

我的日記是寫到2000年12月20日，即是說，12月25日聖誕節的那天，我沒有寫日記，我沒有記錄下輝哥所說的事，更重要的是……

我完全沒有印象發生過這件事！

我腦海中的確依稀記得有趙殷娜這個女生，但我沒有印象有跟她上過床！

「對，這麼多年了，我反而想問你。」輝哥問。

「問我什麼？」

「其實當晚發生了什麼事？就是慶祝那晚，你帶走趙殷娜之後。」

「我不明白你的意思。」我搖頭。

「哈！你還在扮什麼？都這麼多年了，還不想跟我說嗎？」輝哥大笑。

他吃了一口火腩飯。

「那晚以後，趙殷娜就辭職了，究竟你這個衰仔做了什麼好事？」

什麼？！

不只是沒有上班……

她沒有再在鞋店工作？

怎會這樣？

《你想得到的很多，你能得到的很少。》

02 回憶 MEMORIES

「當年我記得有問過你，不過你好像隱瞞著什麼似的，沒有跟我說。」輝哥說。

我在隱瞞？

「全公司都在討論你是不是做了什麼鬼東西，不過，你知道香港人最健忘，很快大家又忘記了。」輝哥看著我：「你怎樣了？你的樣子好像什麼也不知似的。」

不是這樣……

我根本真的不知道！

我記得當年也沒什麼特別事發生過，渾渾噩噩就度過了在這公司的賣鞋生涯，就只有《西洋菜街的天空》所發生的故事，才讓我覺得最有意義。

等等……《西洋菜街的天空》故事是發生在2003年年尾到2004年，即是說，我覺得沒什麼特別的日子，就是發生在《西洋菜街的天空》之前的日子！

「別相信之後三年的記憶。」

我想起了日記內最後一頁那一句。

「輝哥，謝謝你把事情都跟我說。」我嘆了口氣。

「你怎樣了？好像說到事不關己的，明明你比我更清楚。」

「如果我跟你說，我沒有了跟你一起三年的記憶，你相信嗎？」我問。

「你是不是傻的？如果沒有三年記憶，你就不記得我吧，為什麼你會來找我？」輝哥說。

的確如此，我不是沒有了記憶，而是……

忘記了一些發生過的事。

就像我自己「刻意隱藏」了某部分的記憶一樣。

「我不知怎跟你解釋。」我看看手錶：「時間也差不多了，我約了另一個舊同事見面。」

「誰？你還有跟其他舊同事聯絡？」

「對，我沒再跟你做同一間店以後，調了鋪，認識了一個當年的兄弟……」

他叫……李基奧。

✕ ✕ ✕ ✕ ✕ ✕ ✕ ✕ ✕ ✕

2001年8月12日，星期日。

尖沙咀某酒吧。

「威，你果然是我最好的兄弟！今日我生日，就只有你陪我過，未來你有什麼需要，我一定會幫手！」李基奧舉起了酒杯說。

「別婆媽啦，飲吧！」阿威跟他碰杯。

「我沒什麼朋友，其他做賣鞋的同事我只當是普通朋友，唯獨你，是我的生死之交！哈哈！兄弟，飲！」

男人飲酒以後，「兄弟」這兩個字，出現的比率不會比「女人」少，李基奧已經不知道說了多少次「我的好兄弟」。

「我不需要生日禮物，不過你是我的好兄弟，我想知道你的秘密，就當是你送我的生日禮物！」李基奧指著阿威說。

「哈哈，我有什麼秘密值得變成你的生日禮物？」阿威大笑。

「過來。」李基奧在他的耳邊說：「你是不是有……精神病？」

「什麼？」

「哈哈！我留意你很久了，你有時會像那些黐線佬一樣，對著空氣說話！」

「哈，你一定是喝醉了。」阿威搖頭笑說。

「我沒有喝醉！有次你被我發現在倉鋪中自言自語，就好像在街上那些黐線佬一樣，跟身邊的空氣說話，還要對答如流，好像真的有人在你身邊一樣，哈哈，不是你撞鬼，就是你黐線了！」

「怎可能呢？你看錯了！」

「不，沒有沒有！」李基奧把酒一口喝下：「我還記得你說了一個名字，因為名字太特別，所以我都記下來！」

「誰的名字？」

李基奧指著阿威身邊的空氣說：「你當時是說……『妳別要再來煩我了，我都說不行……』！」

阿威皺起眉頭。

「妳別要再來煩我了，我都說不行……日月瞳！」

《真正的兄弟，就算落難都陪伴一世。》

03 回憶 MEMORIES

2018年，尖沙咀加連威老道某樓上CAFE。

李基奧現在已經沒有做零售的工作，轉型做地產，當年沙士時期樓市大跌，他買下了幾個樓盤，現在的他已經是地產公司的副總經理。

我們走著不同的道路，卻同樣出自一間鞋店，人生就是這麼有趣。

「日……日月瞳？」我問。

「對，很奇怪的名，不過你提過很多次，而且很特別，我就記下來了。」李基奧說。

我沉默起來。

也許我們都在街上見過那些對著空氣自言自語的人，我們都會給他一個怪異的目光，而且還會有意地躲開那些人，心中會想……「瘋的」！

現在基奧說我就像那些瘋子一樣，問題是……

我完全沒有印象！

「這麼久沒有見，你就是想問我從前的自己是一個怎樣的人嗎？哈！」李基奧淺笑。

然後，我把我的事簡單地跟他說出。

「不會吧？」他非常驚訝：「你是不是在寫小說？」

「你已經不只是第一個這樣說了。」我嘆了一口氣：「愈來愈古怪，你所說我會自言自語，我根本也不記得，如果更正確的說，我覺得我根本沒有做過。」

「我跟你分析一下。」基奧托著腮說：「你記得我們去慶祝我的生日，卻不記得當時我說過的話，同時，你記得跟我一起工作，卻不記得我們發生過的事。」

「簡單來說就是這樣。」我無奈地說：「其實，我不是不記得，而是我的記憶中，過著的是另一個生活。」

「幹你的，你在說鬼故嗎？」

「如果說是鬼故，我覺得更像平行時空。」我苦笑。

「平行時空？你是在說電影的情節嗎？」

「天曉得。」

我看著咖啡店牆上的吊飾若有所思。

「威，如果你沒有說謊，你真的沒有記憶，我不知道要不要原諒你。」基奧突然說。

「原諒我？」我不明白他的說話。

「你誣衊我偷了公司錢的事。」基奧搖搖頭苦笑：「當年我根本沒有偷公司錢，偷錢的人……是你，我替你吃了這隻死貓，嘿，不過我應該要多謝你，不是我被即時解雇，我才不會做地產。」

我整個人也呆住了。

「我就奇怪，這麼多年了，你為什麼會約我出來？我沒騙你，我一開始以為你又想在我身上拿什麼著數……」

「等等，我不知道……」我想解釋。

「不，你不用解釋了，我沒有怪你，除非你現在所說忘記的事，都是在說謊。」基奧微笑。

「我沒有說謊，全是真事！我完全沒有誣衊你偷錢的記憶！」我非常認真。

「兄弟。」

他說出了兩個字，我停了下來。

「別忘記了，我們曾經是最好的拍擋、最好的兄弟，我生日沒有人陪我時，只有你肯出來陪我。」他說：「什麼事也過去，我們都長大了，我沒有怪責你，你有什麼要幫助的即管跟我說吧。」

這是人格的問題，我一直以來都跟讀者說出賣好友的人會遭天譴，現在，我卻從曾經的兄弟口中，知道自己就是出賣好友的賤人！

我百詞莫辯，已經不知道要說什麼。

良久，我終於說話。

「基奧，我真的忘記了有這樣做過，不過我一定會查出是什麼原因，我一定給你一個合理的解釋！」我嚴肅地說。

他沒有說話，只是微笑地給我一個讚的手勢。

《寬恕一個人，需要時間，還有自我的成長。》

04 回憶 MEMORIES

凌晨時份，又是屬於我的時間。

我有瞞著前度去跟別的女生看電影？而我卻沒有紀錄下來？

我有跟舊同事亂搞男女關係？而且那個人失蹤了？

我有做過出賣朋友的事？偷公司錢的人反而是我？

「怎樣搞的……我的過去……」

我看著書桌上的白光燈，回憶著我的人生。

在我們的生活中，我們都很懂「自己騙自己」，我常跟朋友說，如果是仆街就要認是仆街，別要說很多的藉口去美化自己，當然，我不會是一個好人，但問題是，現在他們所說過去的我，不只是仆街這麼簡單，而是……

「仆街之中的人渣」。

如果我記得有發生過以上的事，我會認，但我真的沒有印象做過，是完全沒有印象！

我只是記得，平平凡凡過著那三年的時間，沒有什麼特別的事發生過。

「再找找吧。」

然後，我在電腦中再找尋這三年內拍過的相片，這不是第一次了，我已經多次尋找，但還是沒有找到任何在2000年12月20日至2003年12月14日的相片。

不是很古怪嗎？

「當年我應該是在用NOKIA 8850，沒有拍照的功能，而第一台可以拍照的手機是SHARP的GX22，那時已經是在2004年的事，即是說，這幾年的相片應該是用數碼相機拍的。」

我突然想到這一點，立即走到雜物房找尋舊的相機。

不久，我找到了一台超舊的SONY數碼相機，我拿出SD卡放入了電腦看。

「怎會這樣……」

相片的編號由1034.JPG開始，就跳到1188.JPG，那三年的相片，百多張相片，被人洗去了！

是被刻意洗去！

是我洗去的嗎？

「我還有做BACKUP嗎？快想想快想想……」我自言自語：「有！電腦！」

我是一位念舊的人，我習慣會把相片放入電腦，但當年那台電腦已經不知去了哪裡呢？

「啊，不……我記得了，我是拿了去修理，然後……」

然後沒有拿回來！

我記得當年沒有把電腦拿回來！

終於有新的線索了！

第二天早上，我立即來到大埔寶湖某一間很舊的電腦店，沒想到那個老闆還記得我。

「嘩，你好像很久沒有來了！有十年？」他說：「不過，有時我都見到你經過我鋪頭，幾年一次吧。」

「不只十年了，應該更久吧，自從換了用MAC，已經很久沒用WINDOWS機了，你知道吧，MAC機很少需要修理。」我說：「其實我想問一下，應該有十七八年前，我曾經拿過一台電腦來維修，但我沒有拿回去，你還有留著嗎？」

「十七八年前？！我怎會留著！」老闆大聲地說：「你看我的店這麼細，怎可能放下客人留著的電腦呢？如果沒有來拿，我每幾年就會掉一次！」

「哪你有沒有幫客人做電腦的BACKUP之類？」

「不會，電腦內容是客人的私隱，我當然不會COPY吧？」他指指那個已經封塵的信譽招牌：「我這間電腦店二十年來也屹立不倒，就是因為有信譽！」

我有點失望。

「老闆，你說認得我，你有印象當時我有跟你說過什麼嗎？」我問。

「我都說了，十幾年前的事，我怎會記得？」老闆說。

的確，我只是他其中一個客人，他不記得也很正常。

「啊？你等一等！」

老闆好像想到什麼，他在抽屜中拾出一疊很舊的簿，然後打開某一本翻查著。

「你是不是叫……梁家威？」他問。

我愕然：「你怎知道的？」

《不知道真相會失望，當知道真相會心寒。》

05 回憶 MEMORIES

「老實說，你給我印象都是著上校服的，應該不只十七八年的事，你細細個經常來維修電腦，不過，你說放下了電腦這事我沒有任何印象，反而你讓我勾起另一件事，十七八前年有人把一台電腦放下給我維修，而且給我很多錢，那個人說未來可能會有一個叫梁家威的人會來拿走。」

「什麼？」

「這個我很記得，因為他是先付給我維修費用，是……一萬元！」老闆說。

一……一萬元?當年應該已經可以買過一台新的電腦!

「哪台電腦呢？」我問。

「掉了。」

「掉了？」

「梁生，不是十八個月，而是十八年！你沒有來取，我怎可能留下來？」老闆理直氣壯地說。

我沒有責怪他：「我明白的，老闆，你有記錄那個人是哪一年放下電腦？」

「你自己看。」

在帳簿上，是寫著……2003年12月13日！

就是我再次在網上寫日記的前一天！

太詭異了……

有一個人把電腦放下，然後要我去拿走，而且還出一萬元的維修費，我不記得有人叫我拿電腦這件事。

然後，我在帳簿上看到寫著K先生、電腦的型號、日子、費用等等。

「K先生？」我問：「他沒有留下聯絡？」

「如果沒有寫就沒有了。」他說。

「嗯。」

我再看下去，在備註上發現寫著……

「老闆，這是什麼？」我驚訝地問。

「我也忘記了，可能是當時他要我寫下的吧，他給我一萬元，寫什麼也沒問題吧！」

我不斷搖頭……

怎可能？

為什麼會這樣？

在備註上寫著……

……

…

．

「別要查下去。」

××××××××××

下午三時，青衣城。

由現在的線索看來，已經不只是我一個人的事似的，就好像有其他人在跟我……「玩著某種遊戲」。

就像我寫小說一樣，我把重點一一記錄下來，希望從中找出沒發現的線索。

今天，我又再約了一個人出來聊天，不過，這次是硬著頭皮邀請她出來，因為我知道她根本不想見我。

在每一段關係之中，完結後都會有不同的發展，像美晶一樣可以「分手還是朋友」的其實不會太多，而這次我要見的人，就是美晶之後認識的女朋友。

我的初戀情人之後認識的人，她叫林妙莎。

我們是在鞋店認識的，曾經也做過幾個月同事，不久她要調鋪，同時，我們的情侶關係開始了。

找她的原因，當然是了解我這三年所發生的事，因為在這三年，她是陪伴我最多的女人。不過她跟黃美晶不同，當年我們最後是因為性格不合吵架而分手，分手之後，我們沒法做回朋友，我只可以依靠社交網站看到她的近況。

人大了，就不想再節外生枝，我是念舊的，不過只會放在心中，不需要騷擾對方。而且我自己也有寫過，「念舊」不代表還想念從前的人，而是想念從前所發生的事，還有……

從前的自己。

可惜，現在我連「從前的自己」是什麼人，也不知道。

青衣城某廳餐內。

她現在就坐在我的面前。

「十多年沒見了。」我說：「最近好嗎？」

「找我有什麼事？」妙莎冷冷地說。

看來，不是很好的開始。

「實不相瞞，其實我想問妳當年跟我一起時，你覺得……」我有點尷尬地說：「我是一個怎樣的人？」

《每本小說的主角，都特別多困難、痛苦、挫折與磨練。你呢？》

06 回憶 MEMORIES

2002年7月3日，星期三。

晚上，林妙莎與梁家威在家樓下銀行的提款機前。

林妙莎提出一疊五百元紙幣給他，然後他們一起離開。

「你別這樣揮霍好嗎？」林妙莎帶點心痛與憤怒：「這個月又要借五千，上個月借的你還未還給我！」

「別吵呀！我答應妳下個月全都還妳好了嗎？」他點算著手上一張張的五百元紙幣：「又不是大數目，妳緊張什麼？走吧。」

林妙莎是因為阿威借錢而憤怒？不，不是這樣，她只是覺得這個深愛的男人不長進，希望可以變得成熟一點。

「你用這筆錢做什麼？」她問。

「我有我的用途，不用妳理！」

「是我借錢給你，你還要發我晦氣？」她生氣。

「現在是誰發誰晦氣？」

阿威停下了腳步，轉身看著她。

「你可不可上進一點？總是月頭就用光錢，月尾就要問人借借借！」

「對，我就是這麼沒出色！就是要問妳借！怎樣了？」

也許，每個人都在街上看過情侶吵架，我們都會用鄙視的目光去看待這些情侶，不過，又有誰會明白，還未足夠成熟的人，沒法控制自己情緒呢？

又有誰沒年輕過？

林妙莎雙眼通紅看著他。

「我不想我愛著的人像個沒用的男人！」她終於說出口：「別人的男朋友都為大家的未來而努力，阿MAY跟華仔他們已經一起在儲錢準備買樓，你有想過跟我的未來嗎？」

「華仔這樣好，不如妳就勾引他吧？然後跟他一起！」阿威衝口而出。

「啪！」

一個巴掌已經落在阿威的臉上，他憤怒地看著她。

「媽的！妳覺得我沒有用嗎？像個沒出息的男人？我不要妳的錢！」

他把手上一疊五百元用力掉在地上，正好，風把它吹散。

「你又發什麼晦氣？」

林妙莎立即蹲在地上狼狽地四處拾起那些散落一地的紙幣。

阿威用冷冷的眼神看著她……

然後，狠心地轉身離開。

××××××××××

2018年，青衣城某餐廳。

林妙莎的眼神充滿著憤怒。

「你知道嗎？當時我有多痛苦？我一張一張拾回來，我的眼淚同時掉下來。」

「妙莎，等等。」我皺起眉頭：「我……真的有這樣做過嗎？」

「你要扮失憶嗎？還是你連自己也欺騙了，以為沒有發生過？」她更加生氣。

我不可能會這樣侮辱一個曾經深愛自己的女人！

「第二天，你有跟我道歉，但你知道嗎？這些事情，對一個女人來說是永遠不會忘記的，會記一世！」

我完完全全明白她的感受，的確，會記一世，是一種永遠沒法填補的傷口。

她會記一世的事……

我卻完全忘記了。

「妙莎，我曾經對妳所做的，簡直是不可原諒，我知道跟妳說什麼也只是藉口，不過我真的衷心想跟妳說一聲……」

「對不起。」

每天，我都收到不同的讀者私訊給我，說自己有多痛苦，一百個人有一百零一個都是這樣，我很少，真的很少會收到「我傷害了某個人」的留言，多數都是被傷害。

我們永遠只是知道被傷害的痛苦，卻不常會想起曾經也傷害過別人。曾被自己傷害過的人，其實同樣的痛苦。

在我腦海中，突然出現了一首歌詞……

「於心有愧　原來隨便錯手　可毀了人一世~」

於心，有愧。

《於心有愧，會記一世。》

07 回憶 MEMORIES

我在聽著妙莎一直在說著我們的過去。

當中有很多跟我的記憶是一致的，比如去過泰國旅行、公司的春茗活動所發生的事，還有那一年聖誕、新年慶祝等等，我都有印象。

「我們曾經有快樂過。」她說：「我想只是時差的問題，我們在一個未成熟的時期遇上，沒有結果。」

「的確是。」

她的情緒與態度比剛見面時好多了。

「兩個人的分開，卻可以得到四個人的幸福。」我想起我曾寫過的一句說話：「有時我會看到你社交網頁的相片，妳現在擁有一個幸福的家庭。」

「對，絕對比當時跟你一起幸福。」她的說話有骨：「其實不只那次掉錢的事，有一次你說出了我不能接受的說話。」

「是什麼？」我在意。

「不知道當年你是不是喝醉了，有一晚你喝到爛醉如泥回來，你竟跟我說……」她說得有點尷尬：「你跟男人搞在一起！」

「不……不會吧？」我瞪大了眼睛。

「那天你喝醉回來後，跟我說跟另一個男人……上床了！」

「怎可能？！」

我絕對不歧視同性戀，不過，我也絕對不會跟男人上床！

「你還鉅細無遺地形容你跟那個男人在床上玩什麼花式，我當時真的完全接受不了！」妙莎說。

「這個……不可能！我怎可能跟男人上床！」我激動地說。

「我是親耳聽到的！」

「會不會是妳記錯？」

「這事我怎可能記錯！我現在說的都是你曾跟我說過的，已經這麼多年了，我不需要說謊！」

我整個人無力地依靠在椅子上，不斷地搖頭。

「你別要扮到什麼也不知道的樣子，你的人生是屬於你的，就算你忘記了，你還是有做過。」她用一個教導我的口吻說：「梁家威，別要以為沒有人會知道就當是沒有做過！」

我又怎會不知道呢？

問題是，我根本不是忘記，我是完全沒有記憶！

可惜，我根本沒法說出我沒有記憶的事，而且這樣對我們的曾經的關係，是一種不負責任的表現。

「妙莎。」

「說吧。」

我很認真地看著她，也許，是我有生之年見她，最認真的一次。

「我知道在我們的關係之中，我曾經做得很錯，是大錯特錯。在我還未成為作家之前，我還未成熟之前，我有想過去找妳，我很想大大聲對著妳說：『我已經改變了，我再不是那個沒上進心的男人！』，不過長大後，我改變了這個主意，我覺得我不應該再騷擾妳，我把我們曾經的回憶都放在心中。」我指著胸前：「或者，我在妳的人生中，是一個污點、是一段不想提起的回憶，不過，我想跟妳說，真心想說對不起。還有，謝謝妳曾經出現在我的生命之中，是真心的，就算你當我是什麼也好，我也謝謝妳。」

她看著我的眼神，我也不懂得怎形容。

是無奈？還是慶幸沒跟我一起？是接受我的真誠道歉？還是只當我在說著美言？

無論怎樣也好，這是我真心的說話。

為什麼我不去解釋我忘記了？甚至是我根本沒這樣做過？

不，已經不需要解釋了。

就讓她一世也記著我是一個「壞人」就好了。

這是我欠她的。

此時，餐廳內播放著一首歌。

「是我太過愛你　願意放生你　無謂你抱陣我也這麼的晦氣～」

「放生」。

因為互相的「放生」，才會有現在的我們。

才會有……

四個人的幸福。

《謝謝妳曾經出現在我的生命之中。》

線索 CLUE

01 線索 CLUE

中環某甲級商廈。

今天，我約了古哲明與黃凱玲見面，我在會客室等待。

我曾經跟梁望峯、楊一沖寫過一本名為《遺忘曲線》Forgetting curve的小說。我在圖書館找過資料，遺忘曲線，就是人類於中長期記憶遺忘率的一種曲線，時間愈長，遺忘愈多。

心理學家赫爾曼·艾賓浩斯(Hermann Ebbinghaus)提出，所謂遺忘，就是我們對於曾經記憶過的東西不能再記起來，也不能回憶起來，或者是錯誤的認知和錯誤的回憶，這些都是遺忘。

20分鐘後，42%被遺忘掉，58%被記住。

1小時後，56%被遺忘掉，44%被記住。

1天後，74%被遺忘掉，26%被記住。

1周後，77%被遺忘掉，23%被記住。

1個月後，79%被遺忘掉，21%被記住。

跟據他的實驗結果，一天後大部分內容都會被遺忘，但是在一天之後的遺忘率，會開始變得平緩。

直至記憶變成了「長期記憶」，可能只有1%會被記住，這些記憶卻永遠不會被忘記，就如跟某人發生過的小事，明明只是微不足道的事，我們卻沒有忘記，一直記住。

而現在發生在我身上的事，不似是遺忘這麼簡單，我完全沒有記憶，就像沒有發生過一樣。我已經接觸過在這三年內遇上的人，他們有些各不相識，根本不可能一起集體欺騙我，這樣說，那些發生在我身上的事……

真的有發生過。

「子瓜，要你久等了。」

此時，古哲明與黃凱玲進入會客室。

「你們好。」我禮貌地說。

「我上網看過了，沒想到，你已經出版了六十多本書籍，在香港當作家應該不是一件容易的事。」黃凱玲坐到我身邊：「下次我買你的作品，你幫我簽名！」

「沒問題。」我微笑。

「你的事，我有跟其他的教授提起過，他們也覺得很有趣。」古哲明接著說。

他所說的，就是我提出「一個人有沒有可能刻意把自己的記憶隱藏」的事。

「在學術上，你的問題應該會歸納為間歇性失憶，就是上次我跟你說的那四種之一，不過，我跟教授他們聊過後，也不覺得是這四種的其中一種。好吧，我來解釋一下我們最後得出的結論。」古哲明說：「大腦的動作，簡單地表述，就是短暫記憶會儲存在海馬體(Hippocampus)，而長期記憶會建立在大腦皮層(Cerebral Cortex)，而在近年，美國麻省理工學院(MIT)教授發現，海馬體與大腦皮層中，或許同時『寫入了兩份一樣』的記憶。」

我很認真地聽著他的說話，古哲明繼續說。

「完全忘記一件真正發生過的事，即是記憶消失了，其實是錯誤的說法，因為，我們人類擁有『記憶痕跡』，只要有一些事情、聲音、影像或言語等等，就可能觸發記起某件事情，而在2012年，日本生物學家利根川進使用光遺傳學技術，在麻省理工學院的實驗室，首次揭示了記憶痕跡的真實存在。記憶不是消失了，而是『沒有被觸發』。」

「古博士，先等等。」我在思考著：「你第一段說話的內容，跟第二段有什麼關係？」

「啊？看來你有留心聽書啊，哈。」他非常高興。

「海馬體與大腦皮層可以同時『寫入了兩份一樣』的記憶，如果大腦可使用這個指令，哪會否存在……『沒有寫入兩份一樣』記憶的指令？」他反問：「同樣的道理，記憶不是消失了，而是沒有經過『記憶痕跡』而沒有被觸發呢？為什麼不可以呢？」

「如果這樣說，就是……」

「對，的確沒有學術上的根據，不過你所說的『自我隱藏記憶』……也有可能真實存在。」

《有種關係是，有幸成為朋友，但不幸只能成為朋友。》

02 線索 CLUE

「現在我所說的，沒有任何學術的根據，純粹個人推斷，不過，就是因為你的想法，讓我可以向此有趣的想法作進一研究。」古哲明說：「我會用最簡單的說法跟你解釋，我想問你，有沒有試過喝醉後……『斷片』？」

「有，當然有。」我回答。

「很好，在美國國家酒精濫用和酒精中毒研究所(The National Institute on Alcohol Abuse and Alcoholism)一直都在研究飲酒導致斷片的現象。在十五年前，研究領域中並沒有承認『斷片』是一種普遍存在的現象，但這現象的確存在。」古哲明給我看手上的iPad，是一張大腦的圖片：「『斷片』，就是大腦活動發生了記憶喪失的問題，海馬體受到了暫時性的損傷，而且是嚴重損傷，就因為這樣，大腦沒辦法形成新的記憶，酒精關閉了大腦中形成情景記憶，就是對具體事件和地點的記憶等等的部分。」

「這跟刻意隱藏記憶有關係？」我問。

「當然有關，在『斷片』的事例中，酒精就是讓『記憶喪失』的關鍵，但最有趣的是，海馬體要接受『嚴重損傷』才可以出現斷片現象，大腦經過嚴重損傷後卻沒有讓人類致死，大部分人也有試過斷片之後，第二天若無其事地上班，不是嗎？」

我在思考他的說話。

「像你的案例，就如『斷片』的現象，不同的，就是你連喝過醉也不知道。剛才說，外來的酒精讓人類記憶喪失，而你的例子，卻更像是……」

「我的大腦自行製造了像酒精的化學成份物質，然後讓我喪失記憶。」我猜測他將要說的話。

「聰明！你不需要喝酒，所以沒有喝酒的記憶，就等於你沒有前設的記憶，你的大腦排出化學成份物質，讓你完全忘記已經發生過的事，這也可以說成『自我刻意把記憶隱藏』！」

我呆了……

我的大腦會讓我「忘記」？

「等等，但問題是，我雖然沒有了真實的記憶，但我卻有其他的記憶，為什麼會如此？」

我問。

就好像輝哥說我在聖誕節那夜跟趙殷娜上床，但我卻記得我只是回家休息一樣。

「我不是在上次說過嗎？所有記憶都是可疑的，人類在『回憶』與『想像』時，大腦活動區域的重疊性很高，記憶是可以自行造假，就像上次你說小偷是著灰色衣服一樣，記憶會因為很多原因而造假，比如是群眾壓力、自我安慰等等心理現象，就會出現了⋯⋯虛假記憶(False Memory)。」

「我的大腦自行刻意隱藏記憶之後，又自行製作虛假記憶？」

他點點頭：「當然，這只是我的個人推測，沒有任何學術證明，不過我會繼續研究，如果子瓜你不介意的話，未來我想跟你約個時間做一次腦部掃描測試。」

「可⋯⋯可以的。」

我已經不是在想古哲明的請求，而是在想我的大腦，為什麼要「自行刻意隱藏記憶」？依照古哲明所說，我大腦的長時間斷片現象，真的是「我大腦的要求」？

還是⋯⋯「我的要求」？

大腦不是我的嗎？

媽的！現在好像分開成不同的個體一樣！

在我身上究竟發生過什麼事？

「子瓜！子瓜！」

黃凱玲把我從思考中拉回來。

「對不起。」我勉強一笑：「我需要點時間消化一下古博士所說的事。」

「沒問題，我知道你最近應該也發生了不少事，如果有什麼需要，即管出聲吧。」古哲明說。

「好的。」

我們多聊一會後，黃凱玲送我離開。

「看來你聽完哲明所說之後，有更多的煩惱了。」黃凱玲在電梯內跟我說。

「嘿，的確。」

「其實……我也有我的想法。」她對著我微笑：「你想聽聽嗎？」

啊？嘿，她又要來轟炸我的大腦嗎？

《通常喝醉後會想起的人，不只在喝醉時才會想起。》

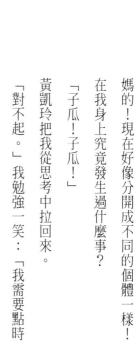

03 線索 CLUE

我們站在大堂的接待處。

「其實也不是什麼想法，我沒有像哲明一樣這麼落力研究，不過，我有另一個想法。」她說。

「沒問題，妳可以說給我聽聽。」

「我的想法就是……平行世界的理論！」她高興地說。

嘿，就是我之前有想過的平行時空。

「嘻，或者好像在看電影，不過『平行世界』這個假設的確是來自量子力學的多重世界論演變而成，不是沒有可能，而是還沒有人可以證明它真的存在而已。」黃凱玲說。

其實「平行世界」，就是說當我們於所在的世界作出一個決定時，並會影響平行世界的自己作出另一個決定，而我們人生會出現很多很多這樣的選擇，選擇甚至是多於兩項或以上，所以「平行世界」將會有無限個存在。

我在《預言故事》、《教育製道》等等作品中，也有提及過此理論，不過，我是用「世界循環」去解釋。

「你那三年，可能是走入了另一個世界，去過著另一個世界自己的生活，而那個世界的你，卻來到我們現在身處的世界，所以，你沒有『那個自己』的記憶！」黃凱玲愈說愈高興：「你是一個小說作家，應該很容易理解我的說法吧！」

我苦笑了。

「謝謝妳把想法告訴我，至少比鬼掩眼的說法更有科學根據。」我說：「其實我也有想過平行世界的說法，就像有一天睡醒張開眼睛，就出現在另一個世界生活，而我那三年都是這樣，然後，在2003年12月14日那天，我又回來本來的世界繼續我的生活，而且我並不知道。」

「原來你也有過這想法嗎？」黃凱玲說：「我還大言不慚說是我的想法，真對不起啊！」

「不，沒什麼。」我打趣地說：「如果真的是這樣，就是一個很好的小說題材了！」

「這樣我也會出現在小說嗎？」她應該是第二次問了。

「當然會。」

「這太好了！」

其實，如果真的是這樣的話，在我身上所發生的事，就簡單地可以解釋了。

此時我的手機響起，是一個沒有號碼的不明來電。

「對不起，我有電話。」

我接聽電話。

「誰？」

然後那一分鐘的對話，讓我整個人呆了！

我掛線後，黃凱玲立即問我：「發生了什麼事嗎？」

我高興地說：「有新的……線索！」

或者，這將會是很重要的線索！

……

…

.

一小時後，我回到大埔。

大埔寶湖的電腦店。

上次我有跟電腦店的老闆交代過，如果有什麼發現，又或是記起了什麼，立即通知我。

「我找到了那台電腦的HARD DISK！」

因為當年那個男人放下了一萬元維修電腦，雖然多年後沒人取回，但老闆還是怕總有一天會有人來拿走，所以電腦其他部分沒有保存下來，卻留下了電腦的HARD DISK。

「你真好彩！我在舊倉找到這個HARD DISK，哈哈，正常我已經一早丟了！」老闆說。

「謝謝你幫忙！」

「不過，我要先知道你是不是客人所說的梁先生。」

「明白。」

然後，我拿出了身份證給他看，老闆看完後點頭。

「好的，沒想到十多年後，你會出現拿回HARD DISK，世事真有趣！哈哈！」老闆把HARD DISK給我。

「不，不用給我，因為我家沒有WINDOWS機。」

「你想？」

「現在看！」

《平行宇宙的那個自己，生活有比現在的我快樂嗎？》

04 線索 CLUE

老闆把電腦駁上了我的HARD DISK，出現了「RAY」的檔案FOLDER。

「RAY是你?」他問。

「嗯，按入去看看吧。」

他按入了「RAY」的檔案FOLDER，出現了其他的檔案，當中有一個是「我的文件」。

「讓我看看。」

老闆讓我坐在電腦前，我在打開「我的文件」的檔案看，當中有很多都是我寫的故事，比如「勇者流浪記」、「死亡短訊」、「我的快樂時代」等等，而「我的快樂時代」應該就是我寫第一本小說《電影少年》最初的概念版，看著這一大堆還未成為作家前寫的故事，很多回憶出現在腦海之中。

不過，文章都沒有關於紀錄我人生的內容，日記也沒有，當年我應該還是手寫日記吧。

然後，我按入了「我的圖片」之中。

有不同的圖片檔案，比如《龍珠》、《SLAM DUNK》等等，還有其他有趣的動物相片。

「梁生，其實你想找什麼？」老闆問。

「我也不知道。」我想了一想：「應該是找回我的……『記憶』。」

就在下方，出現了幾個年份的檔案。

2000、2001、2002、2003。

我立即按入去看。

「嘿，原來我跟舊同事去過長洲玩，還有踢波。」我自言自語。

的確，只要出現了圖片與影片，已經忘記的記憶就會立即走回來，我還記得當年我射入了一球很精彩的入球。

還有其他的相片，例如是船P、打麻雀、公司的春茗等等，當年我是連續四屆的傑出售貨員，我想起了當年上台拎獎的喜悅。

我一個一個相簿看下去，很多回憶再次出現在我的腦海之中，不過，全部都是我記得的，也沒有出現什麼奇怪的圖片。

我繼續查看其他的圖片與檔案，花了一個多小時，也沒找到什麼特別的內容。

「找到你要找的嗎？」老闆走了回來問我。

「沒有……」

我雙手插入了髮根，在思考著。

啊？等等……我是不是搞錯了什麼？！

「老闆，你說這台電腦是由一個男人拿給你維修，對嗎？」我問。

「之前不是說過了嗎？他還給我一萬元，當時我以為他瘋了！」

我皺起眉頭，問題是……

這、是、我、的、電、腦！

為什麼是由另一個男人拿去維修？而要我自己取回來？

我絕對不會把電腦給其他人，為什麼那個人可以拿我的電腦去維修？

「老闆，我拿過電腦來維修，你肯定這件事嗎？」我問。

「我都說你小時候的確有來過，穿上校服的，不過，我已經忘記了之後你有沒有來過就是。」他說。

我的……記憶出錯了？

我記得的確有拿電腦去維修，現在卻變成了另一個人拿我的電腦去維修！

「太不可思議了吧……」

我完全墮入了迷惘之中，我已經搞不清楚那段才是真實的記憶。

「你看完了HARD DISK的內容嗎？」老闆問。

我點點頭。

就在此時，我看到一個FOLDER名……

「等等！」

我按入了這個FOLDER……「垃圾桶」。

「這是……」

在「垃圾桶」有一張JPG的圖片，我按下去。

我看著這張相片，腦海就像停止了運作一樣，我腦袋……

一片空白！

「啊？哈！那兩個女生很不錯啊，其中一個是你女朋友？」老闆問。

我沒有回答他，因為……

我根本不知道她們是誰？！

相片中，包括我有六個人，四男兩女，我站在中央的位置，而相片的背景，不會錯……

是我的舊居！

最大的問題是……

我完全不認識其他的五個人！

為什麼他們會在我的舊居跟我一起拍照？

媽的，為什麼！

《別要只回憶我們從來沒有的，
也可以回憶我們曾經擁有的。》

DON'T BELIEVE IN
YOURSELF!!
07:20PM 19-NOV
ONE ONLY
20PM 19NOV J1
記憶

05 線索

「老闆，把電腦拿來維修的，是不是相片其中一個人？」我非常緊張。

他看一看螢光幕的相片說：「老實說，我真的忘記了，每天都有這麼多人來維修電腦，我沒法每個都記住呀！」

「是這樣嗎……」我有點失望。

我叫老闆取出那張相片的檔案，然後發到我的手機上。

愈來愈奇怪了，我對相片中的其他五人完全沒有記憶，而相片是在「垃圾桶」之中，非常有可能因為之前刪除了一些相片後，發現還有一張，也放入了「垃圾桶」，卻忘了清理。

我們曾經是朋友？

在我左面的是一個英俊的男人，跟我差不多高，梳著一個潮流的髮型，笑容帶一點不羈。

前面是一個女生，留著長髮，髮尾捲曲，跟右邊的清純女生年紀差不多，卻有一點女人味。

中央的就是我。

在我右面，是一個比我當年年紀大的男人，戴著帽子，樣子不討好，而且滿臉鬚根。

之後是另一個女生，看似十七八歲，樣子帶點清純，著上類似校服，有點像日本的少女偶像。

最後是一個四眼的男人，沒有笑容，戴上老套的吊帶，感覺像弱不禁風。

「老闆，謝謝你的幫忙，如果有需要我會找你。」我說。

「沒問題，哈哈！看來你也找到了你想要的東西了！」他說。

的確是找到了，不過，反而出現了……

更多的疑團。

……

…

·

回到家後，我整個人也像洩氣氣球一樣，躺在沙發上。太多疑團了，我的腦袋快要爆炸。

好像比寫《APPER1人性遊戲》時更頭痛，媽的，嘿。

不過，我不能就此而停了下來，我決定了再次到雜物房找尋「失去記憶那三年」的一些線索，無論是一張白紙，甚至是任何的物品也好，讓我可以想起更多的過去。

打開電腦的PLAYLIST，隨機播放著2003年的歌曲。

「我沒有膽掛念　你沒有心見面　試問我可以去邊～」

媽的……陳小春的《獻世》，嘿。

我把一盒盒的雜物搬出來，由最底層的開始找尋。

有很多的舊單據、舊剪報、不再穿的衣衫，還有一張張的SD CARD我也不放過，放入電腦看完，再繼續找尋。

我大約用了三小時，找到了三樣在這三年所出現而我又沒有記憶的物品。

愛媛新聞社
宇和島支社 編集部
記者
二宮京太郎
MAC>>HKG 澳門 >> 香港
Routing 航線 Rota
01/Sep/2003
MON 星期一
K11010903
0705TIXM02
CK11138713
4T
15 minutes before departure time
New Macau Maritime Terminal
7:15 AM
ECONOMY
HK$131.00
7:20PM 19-NOV
DON'T BELIEVE IN
YOURSELF!!

一、一張卡片
二、一張澳門船票
三、一條「N」字的頸鏈

卡片是在一本筆記簿找到的，而這筆記簿正好是我做賣鞋店那三年間用過的。其他的卡片都沒有什麼特別，就只有這一張很奇怪，為什麼我有一張「愛媛新聞社」的卡片？二宮京太郎又是誰？我應該沒認識過日本人吧？為何會有他的卡片？

另外是一張澳門回香港的船票，日子是01-09-2003年 星期一 7:15AM，正好是我三年沒有寫日記的日子之內，我沒有記憶有去過澳門，只得一張船票？當時只有我一個人去嗎？我去澳門賭錢？這又是一個謎。

最後是一條「N」字的頸鏈，在盒子內的單據是寫著16-07-2002年買的，七月十六日是我的生日，但我不記得自己有買過禮物給自己，而且為什麼是「N」字？是別人送給我的嗎？但為什麼送禮物給我會有單據？而且是在生日那一天買的？

「好黐線，比我寫的小說的情節更黐線。」

有人可以跟我說……

究竟發生了什麼事？

《睹物思人是你的習慣？還是你曾是消磨時間？》

06 線索 CLUE

晚上，我一個人走到從前舊居樓下的長椅處坐下來，昏黃的街燈跟十年前沒有分別，總是散發著一種寂寞的氣味。

我曾在這裡跟好友喝酒，又試過跟前度吵架，每當我晚上經過這裡，如果看到情侶在吵架，就會有一種熟悉的感覺，然後會會心微笑。

「每個人都有自己的煩惱呢？」我看著街燈自言自語：「好吧，我先組織一下。」

就像我寫小說一樣，我會組織當前發生的事，然後從當中找出還未看到的「線索」，嘿，我想起了我寫過的偵探懸疑小說《生命最後一分鐘》與《戀上十二星座》，最後，讀者會看到一個意想不到的結局。

不過，這次不是寫小說，而是在現實中找出「答案」。

暫時已知的線索與問題：

一．從1995年12月31日至2000年12月20日，一千八百多天都有手寫日記，為什麼會在之後停了沒寫？而在12月20日最後一天的日記，根本沒有先兆提過不再寫日記。

二・在2003年12月14日，我再次在網上寫日記，內容是《西洋菜街的天空》故事，但沒有之前任何的其他紀錄。即是說，那三年跟之後連接的網上日記，只記錄了西洋菜街的故事，卻沒有寫那三年內其他發生的事。

三・一千八百多天的日記中，只有1999年11月19日沒有寫下任何文字，卻在我第十一本最後的日記中，出現了這天的兩張戲票，而我已經向初戀情人黃美晶查問過，在她的日記中，那天根本沒有跟我去看《搏擊會》，而在我的記憶中，這套電影我是買VCD看的，而且我沒有儲戲票的習慣。我到底是跟誰去看？這天發生了什麼事？

四・在第十一本日記的最後一頁，出現了一句「別相信之後三年的記憶」，是我的字跡，為什麼我要這樣寫？是在提醒未來的我自己？

五・我跟鞋店從前的主管輝哥見面，他說我跟第二間店的女同事趙殷娜亂搞男女關係，在聖誕慶祝完後，趙殷娜沒有再上班，而且再無法聯絡上，她去了哪裡？哪晚我們做過什麼？只是上床這麼簡單？

六．我再見多年沒見的舊同事李基奧，他說我當年出賣了他，我說他偷了公司的錢而最後被解雇，多年後他跟我說其實是我偷了公司的錢，李基奧還說我經常像黐線佬一樣跟空氣說話，當中有提出過一個名字……「日月瞳」。

七．從另一位前度林妙莎的口中得知，我曾把錢掉在地上侮辱她，我當然也沒有記憶，更重要的是，在一次喝醉的情況下，我說跟一個男人上床，而且繪形繪聲地形容當時的做愛過程。

八．因為當年還未普及手機拍照的功能，我找回這三年時間內用數碼相機拍的相片，其中，有一百多張被刪除了，是我自己刪除？還是有人把相片刪除了？

九．我習慣會把相片存入電腦，而我記得當年的電腦我拿去維修，卻沒有拿回來，為什麼不拿回來？然後，老闆跟我說，有其他人把電腦放下，指名道姓是由我來取回，而那個K先生還要老闆在數簿上寫著「別要查下去」，這個人是誰？最詭異的是，我在HARD DISK內找到了一張相片。

十．相片內包括我有六個人，其他五個人我根本完全不認識，而且竟然是在我的舊居所拍，他們是誰？我真的認識他們嗎？我有邀請過他們上我家？我完全沒有印象。

十一．我在雜物房中，找到了三樣完全沒有記憶的東西，一張卡片、一張澳門船票、一條「N」字的頸鏈。卡片上寫著「愛媛新聞社」二宮京太郎，這個日本人是誰？為什麼我會有他的卡片？澳門船票我也沒有印象，我一個人去澳門幹嘛？還有那條頸鏈，單據是我生日的日子，是我自己買來送給自己？還是別人送我的？為什麼是「N」字？

十二．古哲明所說的「斷片效應」，就是我所想的「自行刻意隱藏記憶」？還有黃凱玲說的「平行世界」說法，其實我也有這樣想過，真的是這樣嗎？

然後，我寫下了暫時所發生事件的「TIMELINE」。

TIMELINE

手寫日記 1995年12月31日 至 2000年12月20日

沒有寫日記 2000年12月21日 至 2003年12用13日

網上寫日記 2003年12月14日

事件與日期

《搏擊會》戲票 1999年11月19日

趙殷娜上床 2000年12月25日

李基奧酒吧見面 2001年8月12日

林妙莎提款機前 2002年7月3日

「Z」字的頸鏈 2002年7月16日

澳門回香港船票　2003年9月1日

電腦被拿去修理　2003年12月13日

當中，我有沒有看漏了什麼？

「別相信之後三年的記憶」……

其實是指我現在所記得的記憶？

還是我沒有了的記憶？

《你有否想起，那個他是怎樣開始喜歡你？》

DON'T BELIEVE IN
YOURSELF!!

初見 FIRST ONE

01 初見 FIRST ONE

大埔某酒吧。

我跟三位好友聊天，分享了我最近發生的事。

「老實說，我覺得你太執著了，忘記了就算了吧，為什麼要追查下去？」開了一間工程公司的勞浩銓說。

「才不是，我覺得很有趣，要追查下去！而且又可以寫成小說，題材精彩！」做保險的彭文漢說。

「就是了，就是了！」揸的士的賴培良喝下一杯：「我都多想揸揸下的士然後撞鬼！生活才不會這麼無聊！哈哈哈！」

我們三人一起看著他，異口同聲說：「黐線！」

他們是我的中學同學，其實也有一段時間沒有聯絡，不過這幾年大家都長大了，有了自己的家庭，我們又再次聚在一起。

男人這種動物很有趣，不需要常見面，喝兩杯以後，又可以暢所欲言。如果，女人是因為寂寞而喝酒，那男人就是因為喝醉後才變得寂寞。

每次聚會都不想完結，因為一個人醉醺醺走回家那段路……很寂寞。

就在此時，一班便衣警員走入了酒吧。

「哈，真巧合，上次我們聚會有警員來查牌，這次聚會又有！」四眼的賴培良說。

我們又沒做什麼壞事，都習慣了，也只不過是巡例查查身份證。

我們四人都把身份證給了警員，大約五分鐘，警員完成他的手續，我們繼續喝酒。

警員把身份證還給我們：「你們幾個是同學嗎？」

我們呆了一呆，不過不用兩秒，已經知道他為什麼會知道，因為我們是舊同學，出生的年份都是一樣。

「哈，對阿SIR，我們是老同學聚會！」彭文漢笑說。

警員輕輕一笑，然後離開。

啊……等等……

出生日期？

我突然想起那個「N」字的頸鏈，單據上是我的生日日期，本來，我覺得是由誰送給我，又或是我買給我自己，其實，還有一個可能性！

就是我買來送給一個跟我同月同日生日的人！

「對不起！我有事先走！」我立即站了起來。

「媽的，有什麼事要這樣趕？」勞浩銓問。

「線索！我找到了新的線索！」

我話一說完，我轉身離開，快步走回家。

回到家後，我立即翻查我的日記，因為我記起了一件很重要的事。

還未有FACEBOOK、INSTAGRAM，甚至是MSN之前，當年是「網頁時代」，我記得有一個「找尋同年同月同日出生」的網頁，我曾經也有找過跟我同月同日出生的朋友，而且我記得我有在日記中寫過這一件事。

當年沒現在這麼方便可以很容易認識朋友，所以出現了這一類網頁，就像一個留言板一樣，當看到同日期生日的人，就會用ICQ聯絡對方。

我一直在找，終於在我第六本日記中，找到了「她」！

我懷疑，那條「N」字的頸鏈，是由我送給一個跟我同日生日的人！

日記上寫著：

「今天終於跟她見面了，她跟我是同月同日生日的，不過她比我小一年。真巧，她也是住在大埔，所以我們相約在大埔中心到大埔廣場的天橋上層初次見面，她比我想像矮小，只到我的胸口位置……」

我對這件事有記憶，不過已經忘記了她的樣子。

在最後，我寫下了她的名字與電話號碼，是一個「2」字頭的家居電話。

她的名字叫……

范媛語Winona。

《生活其中一種幸福是，當你出來工作以後，同學還是你的好友。》

02 初見 FIRST ONE

我看過之後的日記，也沒有多提這個叫范媛語Winona的人，也許，在我人來人往的生活之中，她只不過是其中一位「過客」。

「她的英文名叫Winona，而姓范又不是Z字開頭，這條頸鏈應該不是送給她的。」我躺在沙發，看著手上的頸鏈。

而且，我們是在1998年10月12日見面的，而頸鏈是2002年7月16日買的，這三年半的時間我沒有再提起過這個人，我為何要買頸鏈給她？

「不是她，線索又斷了。」

我看著天花，有一點醉意的我，用了很多時間去找日記，現在已經開始有一點睡意，我看看鐘，二時正，對我來說還很早，因為我都習慣在夜深寫作，開了孤泣工作室後，我中午會寫，晚上又寫，我每天都生活在文字與小說世界裡面。

就在此時，我看到秒針正走到「10」字，加上時針與分針，出現了一個向下的箭嘴。

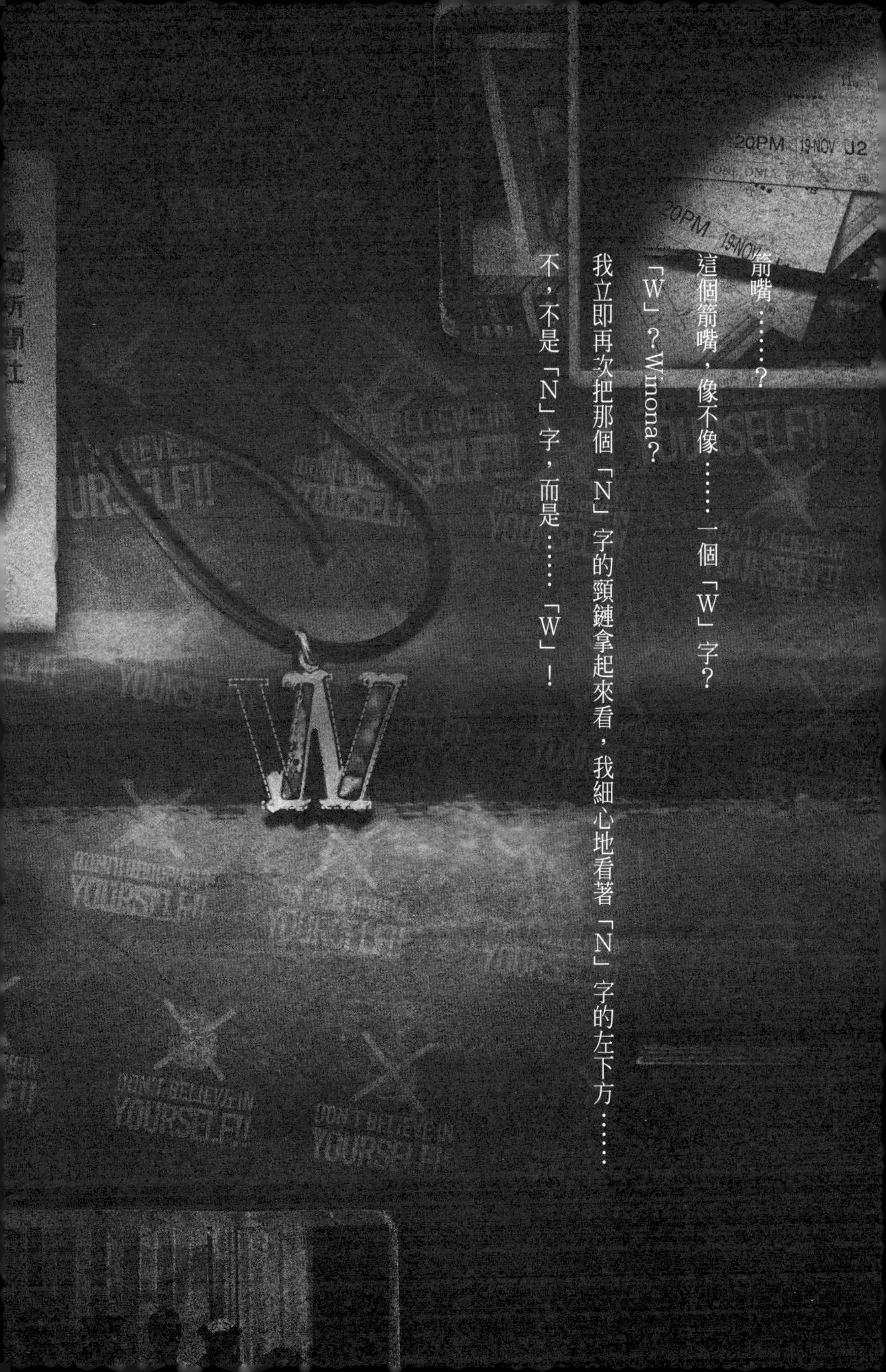

箭嘴……？

這個箭嘴，像不像……一個「W」字？

「W」？Winona？

我立即再次把那個「N」字的頸鏈拿起來看，我細心地看著「N」字的左下方……

不，不是「N」字，而是……「W」！

只是左面斷了的關係，所以看成了「N」！

「W」是代表了Winona？是我買來送給她的？

我再次打開日記查看，找到她的電話號碼。

好吧，明天我就打去問過明白！

……

…

．

第二天我回到孤泣工作室。

「夕夕，給我一點勇氣吧，我要打出這個二十年前的電話號碼。」我跟牠說。

夕夕是我的貓，性格獨立。

牠看了我一眼，然後轉頭就走，完全不想理我感受。

「嘿，看來你覺得我不會成功吧？」我苦笑：「好吧！來吧！」

我吸了一口大氣，打出電話號碼。

正常的電話號碼，會在三十六秒後跳到留言信箱又或是斷線，而每一聲「嘟嘟」之間有4.5秒。即是說，在斷線前會聽到八次「嘟嘟」聲，八聲之後，就會斷線。

人們的關係，就在這八次的「嘟嘟」聲，決定了生死。

這些我在《殺手世界08》中也有寫過，嘿。

不過，如果是已經取消的號碼，我一聲都不會聽到。

「嘟嘟……」

接通了！

「喂？」

就第一次的鈴聲響起，我聽到了接聽的聲音！

「喂？是誰？」

什麼？！這麼突然？我一時沒法說出話來。

「對……對不起，我想找范媛語！」我的心跳加快，不過我卻故作鎮定。

「我是？你是誰？」

「真……真容易找呢？哈哈！」我在扮傻笑，然後清清喉嚨：「妳好，我叫梁家威，首先我要說，我不是什麼電話騙徒，其實我是在一本二十年前的日記簿中，找到妳的電話號碼。」

然後，我說出了我找她的原因，我沒有拖泥帶水，我直接跟她說出我的來意。

為什麼我要這麼直接？

因為如果是我，絕對會對這奇怪的事感興趣，而她是跟我屬同一星座，不，不只是星座，而是同一日生日！

如果她是相信星座，我絕對能夠知道她大約的性格！

「我不相信星座，只相信相信星座的人」，我在《戀上十二星座》中，也有寫過這句句子。

相信星座的人，多多少少都會潛移默化自己，然後覺得自己很像某個星座，而她是跟我同月同日的巨蟹座，只要她相信星座，我絕對會比較清楚她的性格。

她一直在聽我的解釋，直至我想約她見一次面，然後她回答我……

「沒問題。」

就像接聽電話時這麼爽快。

《通常只是偶然被需要，卻誤以為自己很重要。》

03 初見 FIRST ONE

第二天中午，我沒有回工作室，留在大埔。

我們相約在二十年前的同一個地方，大埔中心到大埔廣場的天橋上層，老實說，我對這個叫范媛語的女生完全沒有印象，樣子也想不起來，所以，一直有一種跟未見過的筆友見面的緊張感覺。

天氣開始轉涼，下午三時二十分，天空藍藍的，而且四處都是花花草草，感覺很舒服。

還有十分鐘，范媛語將會出現。

現在，我正聽著1998年的PLAYLIST，現在正播放著……

「愈問愈傷心　明明無餘地再過問　明明知道衷心一吻　會有更親厚質感～」

蘇永康的《愈吻愈傷心》，當年，這首全城熱播歌曲，沒有一個年青人不懂唱。

回憶又回來了，嘿。

歌曲的確可以勾起不同時代的回憶。

其實我們昨天也聊了很長時間，當年因為她不是約過很多網友見面，而且她也是住在大埔，所以特別記得我們曾經相約的事。不過，她對我卻完全沒有印象，跟我一樣吧，都二十年了，沒印象也很正常。

「如果我沒記錯，我應該會叫你別把我寫進你的日記之中。」

她在電話中是這樣說的。

因為她希望我們可以把對方放入記憶之中，而不是在紙上，當然，我們都失敗了，我們沒有把對方放在記憶之中，只是因為我有把她寫下來，才可以找回這個二十年沒見過的人。

我想起了為什麼之後的日記中，我真的沒有多提這個叫范媛語的女生。

因為當年又傻又戇直的我，大概會依照她的說話去做吧，沒有把她寫進日記。

她說依稀記得有一個月時間，我們經常傾電話，當然是見面之後的事吧，不過我們大家也忘記了最後是怎樣沒再聯絡對方。

人生中出現太多人，大家也忙著自己的生活，當沒有再保持聯絡，最後就會失聯了。

當我說到2002年7月16日買了一條「W」字的頸鏈時，她說完全沒有印象，甚至沒有跟我再見過面。

難道頸鏈不是送給她的？

老實說，如果是這樣，也許跟她見面也未必幫到調查這件事，不過我私心真的很想見一下一個二十年沒見的網友，我想她也跟我有同樣的心情吧。

念舊的巨蟹座，嘿。

我們沒有交換手機號碼，跟小時候一樣，只是約定了時間，然後準時在指定時間出現，這也是我們的協議，因為這樣才會更加有趣，沒有在WHATSAPP的大頭照中看到對方，就像從前ICQ沒有相片資料，卻相約網友出來的感覺一樣。

范媛語現在是一名家庭主婦，她可以抽一點買餸的時間來見見我，我們應該都不會聊太久，只是想見見面罷了。

我在想，如果是反過來的話，是有一個網友二十年後才找我，我會不會也想跟這個人見面呢？

嘿，應該會。

「你是……梁家威？」

此時，在我背後有一把女人的聲音叫著我的名字。

我回過頭看……看著她。

她……

我目瞪口呆地看著她！

本來，我應該會禮貌回答她「我是」，不過，看見她的樣子，我沒法不驚訝！

我記起她！

正確的說，我對二十年前的她完全沒有印象，不過，我卻認得她！

她就是……

那張六人合照中，其、中、一、位、女、生！

我看著她，我認得她就是相片中其中一人！

那個留著長髮，髮尾捲曲的女生！

《我們永遠不會知道，在某一天，誰會突然想起自己。》

04 初見 FIRST ONE

「你是梁家威？」她再一次問。

「對……我是，妳是范媛語？」我反問。

「我是啊！」

她的身高沒變，而髮尾捲曲的長髮，卻變成了短髮，有一份成熟的女人味。

「我對你的樣子完全沒有印象！」她笑說：「二十年的時間，真的會把人的記憶洗去，哈！」

「我……我也是。」

我在思考著。

本來，覺得她未必跟「隱藏記憶」的事有關，現在卻是相中其中一人，我應該是扮作什麼也不知道，然後套她說話？還是把我所知的都告訴她？

「你很怕醜啊，都是我在說話！」她莞爾：「我們就站在這裡聊天嗎？還是到附近的餐聽？」

「我想……」我有決定了：「我想我們還是坐下來慢慢談比較好吧。」

「你一定是想跟我細說我們的快樂時代吧？」她微笑看看手錶：「也沒問題，還有時間。」

「其實……我第一眼見到妳感覺很驚訝，所以才不多說話。」

然後，我拿出了手機，給她看那張我們六人的合照。

「這是我在一台舊電腦找到的，不知道拍攝日期，我沒有印象我們有再見面。」我認真地說：「請問……妳在之後的幾年，有跟我聯絡嗎？」

她看著相片，呆了。

……

…

．

大埔中心STARBUCKS。

未有自己的工作室前，我就在這裡寫小說，我有很多作品也是在這裡完成的，比如《已讀不回》、《低等生物》等等。

沒想到，現在就像把小說的故事現實化一樣，這次，我來這裡不是寫小說，而是找尋消失記憶的「真相」。

「究竟發生什麼事？你沒有騙我嗎？我也完全沒有記憶拍過這張相片。」她說。

我看著她的表情，不似是在說謊。

沒錯，我選擇了跟范媛語成為同伴，而不想懷疑她，我覺得跟我同一日生日的人，不會壞到那裡去。

然後，我把在我身上發生的事都簡單地告訴她。

她不斷地搖頭，完全不敢相信。

「你現在是小說作家，對？你不是在說故事的橋段嗎？」她在懷疑著。

「如果是小說橋段，這張相片是怎解釋？你對我沒有印象，而我也沒有，卻在同一張相片中出現。」我喝了一口MOCHA：「是真實發生的事，我沒有了這段時間的記憶，不，應該是我有記憶，卻不是真實的記憶。」

「真的難以置信！」她高聲地說：「我真的沒有來過你家拍照，我甚至今天再次見你，也記不起你的樣子！」

「我相信妳，不過，這樣更糟。」我說。

「為什麼？」她有點擔心。

「妳也對這張相片沒有印象，除非妳在說謊，不然，就只有一個原因。」我看著她憂心的雙眼：「妳跟我一樣，同樣失去了某些記憶！」

她身體傾後，不敢相信我的說話。

「由2001至2003年這段期間，妳想想有沒有發生過什麼特別的事？」我問。

「真的沒有太大印象！十多年前的事……」她還未接受我所說的事：「都是正正常常地過著吧，沒什麼特別！」

「妳不用現在回答我，妳慢慢再想想吧，比如2002年我們生日那天，我們真的沒有見過面嗎？」我拿出那條頸鏈：「如果我沒估錯，這是我送給妳的禮物，一個斷了的『W』字頸鏈。」

「對不起，我真的沒有印象，看來我要走了！」范媛語有點慌張：「謝謝你請我喝咖啡！」

當我提出「妳的記憶可能也是錯誤」時，我知道，她不想被牽涉在內。

我明白的。

根本就不是一件很容易被接受的事。

我只能看著她離開……

一個二十年沒見的網友，再次離開了。

《有些人的突然的到來，就是為了某一天忽然的離開。》

05 初見 FIRST ONE

晚上，我寫下今天所發生的事。

我在想要不要繼續找范媛語？因為她是暫時唯一一個跟這事件有關的人。

不過問題在，如果我為了我的求知欲去騷擾她，實在很自私，或者范媛語根本不想找回曾經的回憶。

的確是這樣，有些人不喜歡想過去，過去了就是過去了，沒什麼值得再提。

但對我來說，回憶是最珍而重之的東西，因為沒有曾經的我，就不會有現在的自己。

雖然我們是同一個星座，不，是同月同日出生，不過就因為大家的經歷不同，會有不同的想法，星座只是一個基礎，而「自我性格」卻是由自己走每一步而出現的，跟星座無關。

此時，我的手機響起了INSTAGRAM訊息的聲音，又是愛情問題來了。

通常我也不會立即回覆，會等收到很多訊息以後，一次過回覆，不過，今晚腦袋真的太混亂了，就回覆一下別人的愛情問題，當是放鬆心情吧。

我打開訊息看。

「范媛語，電話9758XXXX　請致電」

是她？！

因為我們沒有交換手機號碼，她應該在網上找到我的IG，然後發來了。

我立即打給她。

又是不用等，電話一接通，她就接聽了。

「范媛語嗎？」我問。

「對。」她的聲音有點累。

「找我有事？」

「我找到了。」

「找到了什麼？」

「本來我不想理什麼回憶的事，不過，你所說的事在我腦海中揮之不去，所以我回家之後，決定去找一下我的舊物，如果沒找到什麼，我就當你這個作家只是說說奇怪的故事。」她說。

「但妳卻找到了什麼？」

「嗯。」她嘆了一口氣：「看來，我也沒法不去面對這件事了。」

我沒有說話，等待她的下一句。

「我在一個手飾盒中，找到了你所說『W』的左面斷了的部分。」

「什麼？」

然後，她發來了一張相片，就是斷了的左面，正好跟我那條「N」的頸鍊吻合，變成了一個「W」字。

「這樣說，2002年7月16日我們生日那天，應該真的有見過面，是真實發生過的，但我跟你一樣，一點印象也沒有。」她帶一點激動：「你可以告訴我嗎？究竟發生了什麼事？」

「妳先冷靜，我也正在努力去調查，我知道如果一步一步追查，一定可以找出答案。」

是安慰的說話，因為我也不知道能否找出答案。

其實，當你在一張相片中，看到自己跟五個不認識的人合照，而且自己也沒有合照時的記憶，的確會非常驚慌，我明白她現在的感受。

「我需要妳的幫助，怎說兩個人的記憶總比一個人更多，妳可以協助我嗎？」我用溫文的語氣說。

「如果不是太麻煩，我也想知道究竟發生了什麼事。」她說。

「很好，妳不需要做什麼，妳只需要『回憶』，妳可以找找所有有關2000年12月21日至2003年12用13日的相片、筆記、雜物等等，什麼也好，看看有沒有勾起了妳一些回憶。」

「這樣我可以。」

「現在，有兩個可以肯定的事，就是2002年7月16日那天，我們的確見過面，還有，我們有跟其他四個陌生人在我家合照。」我說：「總之別要怕，一定可以從零碎的線索中，找到我們想知的答案。」

就像我找到她一樣，在環環相扣的事件之中，總會找到下一步的線索。

「我可以問你一個問題嗎？」她突然問。

「請說。」

「其實，我們是不是……被『落咒』了？」

《有人在你最不堪時愛上你，你不要，有人在你最燦爛時放棄你，你不捨。》

06 初見 FIRST ONE

「斷片效應」、「平行世界」，現在又多了一個說法……「詛咒」。

「我曾經在書本上看過一個叫『除憶詛咒』(Damnatio memoriae)的咒語，是由古羅馬時期開始出現，就是記憶上的懲罰，意思就是消除某一個人與某些事件的存在記憶！」范媛語說。

「等等，對於詛咒這方面，我有所保留……」

「現在發生在我們身上的事，你還可以用科學的角度去解釋嗎？」她認真地問我。

我沒法反駁她，因為我還未找出真相之前，什麼也有可能。

「我只是說有保留，不過我也會聽妳的意見。」我語調平實，希望她明白我。

我們多聊一會後，因為已經很夜，而且大家也累了，范媛語先去睡。掛線後，我把她給我的手機號碼輸入通訊錄之中。

「終於，有一點的進展了。」我給自己打氣：「至少現在已經找到相片中其中一個人。」

就在此時，我看著手機的通訊錄，我拉到最後看，972個聯絡人。

我想有一半，甚至是三分二，在這五年內從來沒有聯絡過。每次換電話，除了相片以外，最重要BACKUP的資料，是通訊錄，但其實做了備份也好，也沒有真正去翻查過認識什麼人。

我拉下去看看自己的通訊錄。

這個Rebecca是誰？五個Patrick是誰跟誰？Derek健身教練？Celia鋼？鋼是鋼琴嗎？為什麼我沒有印象？

有很多的聯絡人我也沒有記憶，這九百多個人，我應該逐個逐個打過去問嗎？會不會很尷尬呢？這些人跟范媛語不同，范媛語至少我是從日記中找到她的，但這些聯絡人也許只是見過一次面，寒暄幾句然後交換了手機號碼而已。

我一面在想一面滑著通訊錄，直至在一個人名前停了下來。

「二宮」。

二宮不就是我找到那張卡片上，寫著的名字？我按入去看，除了電話號碼以外，在附註一欄中寫著……

「危險人物 01-01-2001」。

我再次拿出那張卡片來看，這個二宮京太郎是愛媛新聞社的記者，他為什麼是「危險人物」？我又怎會認識這個人？「危險人物」四個字後面的數字，應該就是日子，是在我沒有寫日記的十日後。

他跟這件事有關？

然後，我立即在GOOGLE打入「二宮京太郎 愛媛新聞社」，第一個出現的搜尋結果是一宗新聞。

「被災者に寄り添う報道に注力（愛媛新聞社編集局報道部副部長・二宮京太郎）2018年8月」

十多年後，這個二宮京太郎還在愛媛新聞社工作！

而且已經是編集局報道部副部長！

我立即打電話給我妹妹，她讀過日文，現在正在一間日本公司工作。

「喂？大哥這樣夜，找我有事？」她好像一早睡了。

「家瑩，我想妳幫我打一封日文EMAIL。」

「內容是什麼？給誰的？很趕嗎？明天打可以？我在睡啊！」

「我想發給一個叫二宮京太郎的人，他是在愛媛新聞社……」

就在此時，我腦海中出現了附註的四個字……

「危險人物」。

我沒有說下去，因為我在思考著。

我真的要找這個叫二宮京太郎的人？

會有……危險嗎？

《曾經在通訊錄中打出最多的名字，最後變成了一個沒有人知的心事。》

DON'T BELIEVE IN
YOURSELF!!

出現 APPEAR

01 出現 APPEAR

日本四國地方西部，宇和島市。

愛媛新聞社支社的訪問室內。

「我訪問別人就多了，沒想到，這次被訪問了。」一位穿上整齊西裝，外表成熟的男人幽默一笑。

「二宮京太郎副部長，這次的專訪希望你說說自己的奮鬥經歷。」記者禮貌地說：「你已經從事新聞社有多少個年頭？」

「已經超過十八年。」他自信地說。

「能夠在新聞界立足十八年，副部長太厲害了！你是由見習生開始，直至現在成為了新聞社的副部長，你有什麼說話想跟像我們這些後輩說？」

「對我來說，新聞報導最重要的是正確性、真實性、客觀性及公正性，缺一不可，我們的責任就是把事件的真相告訴大眾，無論要面對多大的壓力，也不能改變新聞的真實性，這些是做一個新聞從業員最重要的責任。」二宮京太郎字字鏗鏘。

「晚輩受教了。」記者表示敬意，然後他看一看簿上的問題：「不過，副部長你有沒有遇過一些束手無策的新聞事件，最後沒法真實地報導，然後怪責自己沒有把真相告訴大眾？」

「你的問題也蠻尖銳，哈。」二宮京太郎風趣地說：「讓我想一想。」

不到兩秒，在他的腦海中已經出現了答案。

「是一宗在香港發生的事件，應該就是我初入行發生的，原本，我想做一個世界性的新聞專題採訪報導，不過最後也沒有把事情公諸於世。」他說。

「是關於什麼的新聞？」記者好奇地問。

「是關於幾個香港年青人的故事，是六個。」

「可以說一說有關的內容嗎？」記者追問。

「恕我無能為力，我不能說。」二宮搖搖頭：「這新聞是我十八年來，唯一不能公開的報導，不過，這件事卻教會我更重要的事。」

「請問是什麼？」

二宮京太郎收起了笑容，認真地說：「有些東西，是凌駕於新聞價值，我們不能為了真相而去傷害其他人，這也是做新聞更重要的守則。」

同一時間，他的右手手指，好像在有規律地揮動著。

「副部長這樣說，讓我更想知道是什麼事，哈！不過，我相信副部長不能說出來總有他的原因。」記者知難而退：「好吧，我還有很多問題要問二宮京太郎副部長……」

訪問繼續，二宮京太郎就是一位非常出色的新聞從業員，在不同的問題中對答如流，表現出謙厚又踏實的形象，而且很有說服力。

二宮京太郎的確是一位能幹的管理人，他是一位管理三百多人，資產總值120億円的新聞部副社長。

一小時的訪問結束，記者與在場的工作人員也拍手致謝，二宮京太郎向各人鞠躬敬禮。

整個專訪完成後，他回到松山市大手町的愛媛新聞社本社。

他在高層的私人辦公室遠眺整個松山市，回憶著十八年前所發生的事。他喝下了一口咖啡，然後從一個上鎖的抽屜中拿出一張相片……

是一張六人的合照。

這個在子瓜手機通訊錄中寫著的「危險人物」，究竟跟他們有什麼關係？

他又隱藏著什麼不可告人的秘密？

《失去了，或者是現在，過去了，將會是未來。》

02 出現 APPEAR

三天後。

大埔連鎖咖啡店。

「孤大，今天這麼早？」咖啡店的職員已經認得我。

我想了一想，笑說：「哈，對，因為晏一點要買餸。」

我要買餸？嘿，才不是呢？今天約了范媛語，她就要買餸所以要約早一點見面。

她已經來到等我，我走到她對面坐了下來。

不過，還多了一個人，就是她的先生。

「你好，我是張超仁。」

「你好，叫我子瓜可以了。」我微笑跟他握手。

范媛語已經將整件事跟他說了，他也覺得很古怪，所以一起加入調查，他叫張超仁，是開IT公司的，早前我也有跟他通過電話。

他人很好，他說公司也有同事看我的小說。

「有找到什麼嗎？」我問。

「我們已經在家中找過有關那三年所有的物品、相簿等等，也沒有什麼特別，我不像你會寫日記，而且，因為已經搬過了幾次屋，很多舊東西已經不在了，而曾經在那三年拍下的相片，全部我都有記錄，而且也打過給朋友，都證實了曾經有發生過，唯一沒有記憶的，就是跟你在2002年生日那天見面的事。」范媛語說。

「是這樣嗎……」我在思考著。

「子瓜，你發現自己的記憶與事實有出入，但Winona卻沒有。」張超仁說：「會不會當中有什麼問題出現了？」

「我也是這樣想。」

「不過，我是一個不會記錄人生的人，就好像當年叫你別要把我寫入日記一樣，也許我的記錄有出入也未定。」范媛語說。

「這也有可能，有時妳連結婚紀念日都忘了，嘿。」張超仁笑說。

「哪有啊？你才不記得我們的拍拖紀念日！」范媛語說。

我看著他們打情罵俏，只能苦笑。

「好吧好吧，現在不是說這些的時候。」張超仁回到我們的話題：「雖然她沒有任何記憶的出入，不過，她想到一個線索，Winona妳說吧。」

「嗯！」

范媛語把一張紙遞給我，上面寫著六個八位數字，而且都是「2」字頭，如果沒猜錯，應該是家居電話號碼。

「我在舊屋找到的，這是家居電話記錄下來的號碼，如果你也有用過家居電話就會知道，我從前會把電話輸入在家居電話中，由0至9，按下一個數字然後打出，就可以致電已記錄下來的號碼。」范媛語解釋：「好像叫快捷鍵。」

快捷鍵？很懷舊的功能。

從前的家居電話，只有一個螢光幕，不可以輸入文字，只可以用數字去記錄電話號碼，我也有用過這個功能。

「我媽媽一直也沒有換那台家居電話，所以記錄一直存在，而全家會輸入快捷鍵的人就只有我，我叫媽媽幫我抄下來了，你看看有沒有什麼發現。」她繼續說。

「有……有發現……」

我指著第三個號碼……26675508。

「這是我舊居的電話號碼！」我看他們說。

「如果沒記錯，當年這台電話是新買回來的，所以會把新認識沒有記在腦中的號碼都儲存在快捷鍵中。」范媛語說。

「這樣說，我不是妳熟悉的人，反而會加入快捷鍵。」我靈機一動：「除了我以外，跟我差不多時間認識的人，也會被加入快捷鍵！」

「對！」張超仁看著我說：「這幾個號碼當中，或者會有跟你們這件事有關係的人！」

《你有沒有某個手機號碼，就算不再聯絡，也一直記到現在？》

03 出現 APPEAR

「你所打的電話號碼不正確，請查清楚再打過來……」

「你所打的電話號碼不正確，請查清楚再打過來……」

「你所打的電話號碼不正確，請查清楚再打過來……」

六個電話號碼，已經有三個取消了。

在大家都用手機的時代，沒有家居電話也很正常吧，我舊居的26675508電話號碼也被家人取消了。

「還有兩個。」張超仁說。

「其實是不是我們太大期待呢？」范媛語說：「就算有人接聽也不知道要說什麼。」

「的確如此。」我手托著下巴思考著。

這一點我也沒想過，假設，這個人也是失去了記憶的人，就算我們說出什麼身份，他也不會知道我們是誰。

「別打了，這些號碼的事就交給我吧。」我跟他們兩夫妻說：「我曾經在電訊公司工作過，我應該有方法可以找到其他五個登記人。」

「這樣就更好了！」張超仁說：「子瓜，電腦方面如果有什麼需要，你就跟我說吧，怎說我也是做IT的，可以幫到你。」

「好的，謝謝。」然後我對著范媛語說：「另外一件事，這可能跟我們在2002年7月16日失去記憶沒什麼直接關係，不過我也想知道，我想問妳在1999年11月19日，妳有去過戲院看《搏擊會》嗎？」

「又是十多年前的事？」她想了一想：「我真的沒印象了。」

「我明白了，不過如果妳記得什麼，要立即跟我說。」

「好的。」

現在又走到掘頭巷了，我以為找到了相片其中一個人會有什麼新的發現，結果范媛語在這三年間正常地生活著，沒有什麼特別事發生。

是真的沒有特別事發生？還是她也忘記了？

像我一樣「被自己隱藏了記憶」？

「子瓜，其實我有一個問題想問你。」張超仁說。

「請說。」

「其實那六個人一起拍的相片，是誰幫你們拍的？」他說。

我瞪大了眼睛：「問得好，我沒有想過這個問題！」

「哈哈！人多就會多一點想法吧！」張超仁提醒我後，沾沾自喜。

那時代不流行自拍，我們是用定時的功能拍的嗎？還是跟張超仁的說法一樣……

有其他人在場幫忙拍攝？

第七個人幫我們拍的？

……

…

．

我跟范媛語倆夫妻道別過後，一個人來到了大埔的海濱公園，我跑步時經常經過這裡，今天我買了維他奶與麵包，在這裡吃我的午餐。

我已經打電話給一個舊同事，希望他可以幫忙調查五個固網電話的登記人，當然，我不能寫出他的姓名吧，因為這是侵犯私隱，犯法的，嘿。我在《APPER1人性遊戲》時，也有寫過類似的故事橋段。

此時，我的手機響起，是我妹梁家瑩。

「喂？完成了嗎？」我問。

「麻煩妳了。」

「無緣無故要我發過去日本的報社，其實真的有點唐突，不過我已經幫你發了。」家瑩說。

「不過我想問，為什麼要我這樣寫？是發生了什麼事嗎？」她問。

我叫她寫的內容，就是想問那個叫二宮京太郎的男人，十多年前有沒有來過香港在一間鞋店內買過鞋之類的事。

「也沒什麼，總之如果他有什麼回覆立即通知我。」我突然想到：「很久沒吃飯，找天跟爸爸媽媽一起吃飯吧。」

「沒問題！」

就在此時……

我腦海中出現了一個問題……

然後我看著那張打印出來放大了的六人合照……

在茶几上，放著小朋友畫的畫。

《當你問別人憑什麼擁有，你又可知你為什麼沒有？》

04 出現 APPEAR

相片中是我的舊居，在茶几上放著小朋友的畫，畫應該是我妹妹畫的！是我記錯了！

當年我已經搬出來住，我不是住在舊居，而我妹妹與父母卻住在舊居！

「沒事我回去工作了。」家瑩說。

「等等，我有事想問妳。」我心急地問：「妳記得大約七八歲左右，我有帶過人上來屋企嗎？」

「七八歲時的事？我怎會記得！」

家瑩比我小十二年，如果依照當時我的年齡，她應該是小學生，而依照照片的光線來看，應該是中午拍的，我父母正在我家祖業「大生印務公司」上班，而家瑩是念上晝班，下午應該會留在家做功課。

「啊？好像有一點印象……」家瑩說：「因為當時我們很少見面，帶人上來屋企更少了……不過我好像有印象！」

「真的嗎？妳記得什麼？」我問：「我發一張相片給妳，妳看看認不認得這些人。」

我把相片傳到她的WHATSAPP。

「我有印象了，當時我在家中！其中一位姊姊有幫我看功課，她還說如果有什麼不懂的，可以幫我補習。」她說。

「她有沒有留下什麼聯絡方法？」我緊張地問。

「才沒有，她說幫我補習，應該是說說而已，不過，因為她的名字很特別，所以我記得，而其他人我就沒有印象了。」

「叫什麼名字？」

「日月瞳。」

日……日月瞳？就是李基奧曾經說我自言自語時，曾說出的名字！

我繼續追問下去，可惜家瑩沒有其他的記憶，只知道當天很多人來到家，很熱鬧，氣氛很好。

我看著相片，這個清純的女生應該剛畢業不久吧？她說替家瑩補習也是正常事，原來她就是日月瞳。

即是說，李基奧的說話，也許不是在說謊，而我跟這個叫日月瞳的是有「某一種關係」！

究竟這個姓日的名字，跟我有什麼關係？

范媛語我已經找到了，日月瞳妳去了哪裡？我當然有在GOOGLE找尋過，可惜，都是一些漫畫的角色名，沒有一個真實的日月瞳資料。

家瑩掛線後，黃凱玲打來。

「子瓜，我打過來提一提你，今晚七時中環。」她說。

「我記得，沒問題。」

「一會見！」

「再見。」

好吧，今天應該會過得很有趣。

吃完我的午餐後，我離開海濱公園。

……

……

…

中環甲級商業大廈。

「現在做的腦部掃描測試，不會對你的腦部有任何傷害與影響，而且你不會有任何感覺，只是會有點刺眼，你也可以先合上眼睛。」古哲明說：「當看圖時，我會給你指示。」

「我明白。」

我正躺在一張像科幻電影中的床上，很快，我就會整個人進入那個儀器之內。

「三十秒後開始。」

我答應了古哲明做一次腦部掃描，希望以科學的角度找出記憶消失的原因。

床開始移動，我像走入了時光機一樣，在我上方有不同的燈在閃著。

「現在，我會開始給你看一些圖片。」古哲明在對講機說：「如果準備好請跟我說。」

「已經準備好。」

在上方的螢光幕中，出現了不同的圖片，是一些關於戰爭、風景、動物、人類、太空、立體的錯覺圖等等，其實也沒什麼，不過當出現了一些密集圖，我有一點不舒服，因為我是有「密集恐懼症」。

大約十分鐘時間，測試完成，我慢慢地從儀器中返回實驗室。

「已經完成了，感覺如何？」黃凱玲走了過來。

「也沒什麼呢？」我從床上跳下來：「有什麼發現嗎？」

「不會立即有報告的，需要時間分析你大腦內的數據。」黃凱玲說。

「明白了。」

「子瓜。」古哲明從隔著玻璃的另一邊用對講機問：「我想知道，你有沒有看過剛才出現的相片？」

「沒有，都是第一次看。」

我看出了古哲明疑惑的表情。

「發生什麼事？」

《無論是否已經被分類，命運都掌握在你手裡。》

05 出現 APPEAR

研究室內。

「本來你的大腦運作是很正常的，但當出現圖片時，大腦的波幅很大，而這一種波幅，大致是因為曾經看過圖片，大腦在記憶庫中找尋同樣的畫面而導致，所以我才問你有沒有看過這些圖片。」古哲明在解釋。

「我沒有騙你，我絕對沒有看過剛才的任何一張圖片，也許曾看過接近的圖片，但如果是一樣，我沒有看過。」我說。

「這不就像你的記憶一樣？明明沒有任何印象，現實卻真的有做過。」黃凱玲說。

她說得一點也沒錯。

「我們會用你的數據去繼續分析，會找出當中的原因。」古哲明說。

「其實，如果依照你的說法，不是很明顯嗎？」我也在分析著：「也許在我沒有記憶的三年間，我有做過同樣的腦部掃描。」

古哲明托托眼鏡在思考。

「我不排除你的說法，也許，很快你就會知道『隱藏記憶』的原因。」

「但願如此。」

「好了，休息一會後，進入第二部分測試。」黃凱玲說。

「還有的嗎？嘿，我以為只需要躺著就可以。」我笑說。

「你同樣也只是躺著，只不過有一點不同。」黃凱玲微笑：「第二部分測試，就是……催眠。」

催眠？

……

……

……

三十分鐘後，我們來到了另一間房間。

我也聽過不少真實的案件，可以依靠催眠來破案，不過，我也是第一次接受催眠。

這一位催眠師叫李德榮，他已經有多年的催眠經驗，而且也曾被委託去催眠兇殺案的目擊者。

「現在，你正在一個一望無際的大草原上奔走，綠綠的青草隨風擺柳……」

他開始用語言帶我進入催眠，老實說，我的確很想被催眠，很想知道被催眠的感覺，我是非常投入與合作的，可惜……

十五分鐘後。

「不行，梁先生你沒法被催眠。」姓李的催眠師說。

「為什麼？」我有點錯愕。

「我知道你很合作，但在剛在的催眠過程中，你的意識在不斷對抗著，我指的不是你本人，而是你的意識。」他說：「意識會衍生出罪惡感，讓人們隱藏某件事件，不容許在催眠中浮現出來。」

「我的罪惡感？」

「不只是你，每個人都有『罪惡感』，坊間說什麼意志力堅強而沒法被催眠的說法是錯誤的，更正確的是罪惡感讓我們沒法被催眠，跟意志力強弱無關。」

「我明白了。」

「在你的意識之中，有一種東西在阻礙別人進入，即使你非常的合作與配合也好，也沒法被催眠。」李德榮說：「世界知名的美國心理治療師維琴尼亞．薩提爾(Virginia Satir)，經常會藉由冰山理論(Iceberg Theory)的隱喻，來披露人類行為。」

他繼續解說。

冰山的水平面上是人類的「外在行為」，而水平面之下就是人類「內在價值觀」，價值觀當中包括了感受、觀點、期待、渴望與自我，就算，我很想被催眠也好，我內在的自我意識，也不讓我這樣做。

「李先生，你好像說我沒法被催眠，是因為另一個住在我身體的自己拒絕了一樣。」我笑說。

「我有聽古哲明說過你的事，其實，我也有一點看法。」李德榮說。

大概，我已經知道他想說什麼。

「在你大腦中，或者存在另一人格，讓你忘記了過去所發生的事。」

《如不想一直跳掣，就別要一直獻世。》

06 出現 APPEAR

「斷片效應」、「平行世界」、「除憶詛咒」，現在，又多了一個說法……

「人格分裂」。

「如果是有另一個你阻止著你被我催眠……」李德榮說。

「我明白你的意思。」我打斷了他的說話：「哈，好了，我也差不多要走了。」

李德榮知道我不想再談下去，也沒多說什麼。

我們道別以後離開。

人格分裂？

我又怎會沒想過呢？

在我的小說之中也有提及過這個現象，而且是非常詳細。

「人格分裂」的情況，的確有出現過在我身上，幾年前我曾找心理醫生談過，不過，我可以肯定的是，就算我真的有人格分裂，但我是「記得另一個自己在做什麼」。

我沒有失憶的情況發生，跟現在我沒有了三年的記憶完全不同。

我很清楚這一點。

「嘿，為什麼我經常自言自語，也許都略知一二吧？」我跟自己說。

古哲明與黃凱玲知道我沒法完成催眠，也走到會客室跟我見面。

「看來催眠不太成功呢？」黃凱玲微笑。

「對，哈哈！」我摸摸後腦傻笑。

「腦部掃描要下星期才有結果，今天兩部分的測試也完成了，我可以跟你說出我早前調查的最新發現。」古哲明說：「我沒有放鬆，我一直也在幫助你找出答案。」

「謝謝你古博士。」

「不用謝，其實你的個案也對我的記憶研究很有幫助。」

我們的客套說話說完，正式進入話題。

「我在美國有一位同樣研究大腦的朋友，他說早前發現了腦袋中有一種叫鈣調蛋白激酶II(alpha-CaM kinase II)的化學成份，這成份跟記憶有關係，經過數個月的研究，他們的研究團隊認為這個化學成份，如果能夠提高份量，將可以產生『洗掉記憶』的效果。」古哲明說。

「洗掉記憶？」

「對，他們的團隊為了證實此事，用白老鼠做實驗，他們用電電擊白老鼠，老鼠被關在一個小盒子之內，當電擊前電流接通會出現『嗶』的聲音，而電擊牠時老鼠會出現痛楚，重複這個電擊的步驟大約一個月時間，直至，白老鼠大腦裡深深烙印著對『嗶』聲與『小盒子』產生極端的恐懼之後，下一個階段……」

「研究團隊提高白老鼠腦中的『alpha-CaM kinase II』含量？」我急不及待問。

「正確。」古哲明給我一個讚的手勢：「接下來，他們再次把白老鼠放回小盒子內，當牠聽到『嗶』的聲音時，奇怪的事情發生，白老鼠不旦沒有恐懼的反應，還比之前更活潑地四處奔跑，牠忘記了痛苦的記憶。」

我呆了，我記得曾經看過一套由Jim Carrey主演的電影，叫《無痛失戀》，就是借助一個洗去記憶的服務，把往日甜蜜的記憶刪除。

「鈣調蛋白激酶II，在神經遞質的分泌、轉錄因子的調節和糖原代謝等等都有重要的作用，大腦中大約有1至2%的蛋白是鈣調蛋白激酶II。」古哲明說：「如果你的腦部掃描出現了多於2%的蛋白是鈣調蛋白激酶II，這代表了……」

「我大腦自動洗掉了記憶？」我在猜測。

「有可能，但同時也有另一可能。」古哲明認真地說：「你可能曾經成為了別人的『白老鼠』，像我朋友用藥在老鼠身上一樣，被注入了『alpha-CaM kinase II』。」

我瞪大了雙眼，不敢相信他的說話。

我是……「白老鼠」？

《在記憶中你記得曾經很愛他，或是你還很愛他依據著記憶？》

DON'T BELIEVE IN
YOURSELF!!

閃回 FLASHBACK

01 閃回 FLASHBACK

日本松山市高級住宅區。

二宮京太郎與妻子正在吃著晚飯。

電視沒有打開，也沒有其他的噪音，他們靜靜地享受著寧靜的晚餐。

「你不是還在忙於擴充新聞社的事嗎？」他的妻子櫻田美內子問道：「為什麼下星期要出國？」

「我收到了一個電郵，所以想到香港一趟。」

「很重要的？」

「嗯。」二宮京太郎把白飯放入了嘴裡：「是一宗有關十八年前的報導。」

「明白了，吃完飯後，我替你收拾行李。」

「麻煩妳。」

他們已經結婚多年，妻子最明白先生的想法，她知道二宮京太郎是一個非常懂分寸的男人，她也不需要問太多。

吃完晚飯後，妻子在清潔碗碟，二宮京太郎回到自己的房間收拾衣服，他打開一個抽屜，把衣服全部取出，就在抽屜最深處，他拿出了一支電子煙的霧化器。

奇怪地，這支霧化器跟其他的有點不同，它在中間位置可以打開，然後，可以見到……子彈。

這不只是一支電子煙，而是一支被改裝過的手槍。

二宮京太郎把電子煙放入了西裝的內袋，只因，這將會是他帶到香港的「武器」。

然後，他走入工作室，坐到電腦前，工作室內只有電腦的螢光幕發出光芒，他在電腦中輸入。

「下星期我會到香港一趟公幹，我想跟你們見面。」

他回覆著電郵，送出。

他打開了工作枱的抽屜，拿出那張六人的合照。

「原來……事情還未完結。」他對著相片說。

二宮京太郎，就是……拍下這張相片的人。

在照片中，隱藏的「第七個人」。

✕ ✕ ✕ ✕ ✕ ✕ ✕ ✕ ✕ ✕

第二天早上。

「那個二宮京太郎回覆妳？而且想跟我見面？」我重覆家瑩的說話。

「沒錯，他說來到香港後會跟我聯絡，到時我就安排你們見面。」她說。

「很好！」

我暫時未知他跟在我身上發生的事有沒有關係，不過，他卻是我在這三年的記憶中遇上的人，我很想跟他聊聊。我的記憶中，在香港我的確沒有認識過日本人，真想知道我們是如何認識的。

家瑩掛線後，在電訊公司工作的朋友，把一份資料發給我，就是那六個家居電話的登記人資料。

除了我父親，其他的五個登記人我會去調查一下。

有五個電話號碼已經停用，只有一個還在使用，而登記的地址是深水埗一間海味店。

這六個電話都是由范媛語加入，其實應該由她去聯絡，不過，我不想太打擾她的生活，所以我決定了自己去調查。

當然，跟二宮京太郎一樣，未必跟我們的事有關，不過，我還是很想查清楚。

一小時後，我來到這間海味店的門前。

正當我想走入海味店之時，我已經在門外看到……

是他！

我拿出相片再次比對，沒錯！雖然有一點發福了，不過我肯定就是那個弱不禁風沒有笑容的四眼男人！

就在同一時間，一陣香味在我面前飄過。

這一種香水味……

我把視線轉向剛才經過的人……

是一個女人……

這種香水味我不會忘記！

她是趙殷娜！

那晚失蹤以後，沒有再出現過的趙殷娜！

突然！

我腦中閃出了一段回憶！

《除非你人品是天生賤格，喜歡一個人並不是犯法。》

02 閃回 FLASHBACK

1999年11月19日。

沙田UA戲院。

我看一看手上的電影戲票……《搏擊會》，07:20PM。

我的心情忐忑不安，不知道要不要看這套電影。

手錶上顯示著07:15PM，還有五分鐘電影就開始，我正在等待著另一個人。

座位J1與座位J2，是兩個人一起看這套電影。

「還沒來嗎？」我準備打電話給她：「如果她遲到了就不看了！就這樣決定吧！」

正當我想打出電話，我的手機響起。

「喂？」

「我到了，你在哪裡？」她喘著氣說：「趕死我了，剛才火車出現故障！」

「我就在戲院正門啊，我看不到妳？」我在看著人來人往的平台。

「正門？為什麼我看不到你的？難道我們在不同的時空？」她笑說。

「黐線！」

「梁家威！」

突然有人在我身後大叫，我被嚇了一下！

我回身看著她……

今天，她化了淡淡的妝，很漂亮，她就像日本的少女偶像。本來我想罵她幹嗎突然跳出來嚇我，不過，還是算了。

「日月瞳，妳總是鬼靈精怪的！」

「現在我嚇一嚇你，一會入戲院就精神多了，嘻！」她莞爾。

「等等，我其實正在想……要不要進去……」我說。

「你答應了陪我的！」她鼓起腮：「好吧，你不進去的話我就跟你女朋友黃美晶說，你今天約了我，約了個美女去看電影！」

「別要這樣！」我嘆了口氣：「好吧，就進去吧。」

「嘻嘻！乖！快啊，快要開場了，GO GO GO！」

然後，日月曈拉著我的手，快步走入了戲院。

嘿，看來，今天將會在我的日記中……

記錄著特別的一日。

××××××××××

深水埗海味店外。

一秒的閃回，我腦海中出現了1999年11月19日那天的記憶！

原來我一早已經認識日月曈！

那天我是跟相片中那個日月曈一起去看《搏擊會》！

我卻對這個日月曈一點印象也沒有！

不過現在不是去想這個問題的時候，因為我已經找到了相片中的四眼男人，還有遇上當年在鞋店工作時認識的趙殷娜！

不用多想，我立即追上前！四眼男在海味店暫時不會走，我先去找不知道會不會再遇上的趙殷娜！

她轉入了下一個街口，我快步跟上！

有十多年沒見她，憑她的樣子我不可以十分肯定就是同一個人，不過她的香水味我不會記錯，人類對嗅覺的記憶是最長久的，最能夠喚起人類記憶的感官，很多人都以為是「視覺」，但其實是「嗅覺」！

她身上散發的，是口香糖香水味！

就在一個紅綠燈口位，我經過重重人叢追到了她！

「趙殷娜！」我叫著她的名字。

她回頭看著我。

我認真地看著她，沒有錯，她真的是趙殷娜！當年另一間鋪頭的同事趙殷娜！

「是……你？」

「沒錯，我是梁家威！在MIRABELL鞋店工作過的！」我說：「我一直在找妳！」

她不是說「你是？」，而是說「是你？」，這代表了她記得我是誰！

「你在找我？」

「對！其實……」

我正想說下去之時，一個男人走向我。

「殷娜，發生什麼事？」他說。

我看著他……

第三個……

第三個在相片的人，出現了！

《敢說了嗎？曾經，很喜歡你。是曾經。》

03 閃回 FLASHBACK

深水埗一間高級酒家內。

我、趙殷娜，還有那個在相片中英俊的男人，三個人一起坐著，我總覺得場面有點尷尬。

這個男人叫高展雄，那個當年潮流的髮型已經變成了ALL BACK頭，成熟多了，不過，他依然帶著幾分的不羈。

為什麼我們會在酒家內？

因為我給他看了相片，他對我也完全沒有記憶，也沒印象跟其他人一起拍過相片。

我用了一點時間解釋整件事。

「事情就是這樣。」我喝下一整杯茶：「我也覺得很不可思議。」

「你說你那三年的記憶跟真實發生的不同？」高展雄懷疑：「然後你在追查究竟發生了什麼事？」

「對，就是這樣！」我看了趙殷娜一眼：「妳記得當年在鞋店工作離職的事嗎？」

我其實是想問：「妳記得那晚聖誕節之後的事嗎？」

不過，我還是覺得尷尬，沒有說出口。

「我有印象，也不是太認得你的樣子。」趙殷娜煞有介事地說：「我們應該不是太熟悉。」

我知道她不想我說出當天的事。

「親愛的，這樣不更加奇怪嗎？你們又不熟，他卻有我完全沒有印象的合照。」高展雄說。

「或者，你也跟我一樣，有某些記憶消失了。」我說：「其實在相片中我已經找到另一個女人，她也是沒有了某些記憶。」

「你不是說笑吧？我很清楚記得在你說的三年發生的事，哈，就是我認識殷娜的年份。」高展雄說：「我沒有忘記什麼。」

「別相信之後三年的記憶。」我認真地說：「這是我在自己最後一本日記所寫的，最初我也不相信，但我找來了很多從前認識的人查問，我發現事實跟我的記憶有很大的出入，因為其中一個舊同事提到趙殷娜，我才會找上你們。」

「哈，你是一個作家吧？看來你對這些事很熱衷呢？不能相信自己的回憶嗎？」高展雄笑了一下：「好像很有趣！好吧，我也回去找一下當年的東西，看看有沒有忘記了什麼。」

「如果有什麼發現請聯絡我。」我說：「如果你對相片中的人有印象，也請立即通知我。」

「我會。」

然後我跟他們交換了聯絡，因為他們有事要忙，所以我們決定了再約時間詳談。的確，當第一次聽到這件事，不可能立即可以接受，就算再追問下去也沒什麼意思，先讓高展雄思考與回憶過去再談也未遲。

他聽到這事後，跟范媛語的反應不同，他比較冷靜。

離開了高級酒家後，我回到海味店的路程上，我打給了古哲明，我把剛才的閃回告訴了他。

「那回憶可能是真的，但又可能只是你的『幻想』。」他分析著：「不過，出現這現象，有可能是你突然同時遇上那三年忘記的記憶有關係的人，所以你大腦會出現了意像閃回的現象。」

古哲明說閃回(Flash back)，本來用在電影的剪接與拍攝手法，用短暫的時間去形象化表現人物的精神活動、心理狀態和情感起伏。不過，在現實世界中，同樣也會出現閃回現象，比如嚴重的精神創傷(PTSD)，也會出現閃回。

「你的個案太特別，沒有PTSD，卻出現了閃回，我會繼續研究，如果有什麼像現在一樣新的情況，立即通知我。」他說：「現在已經出現了第一次的閃回，也許，未來在你腦中還會繼續發生。」

「我明白了。」

就在此時，有電話打入，我看一看手機上的螢光幕……是趙殷娜。

《你有一秒為我痛過，我贏。》

04 閃回 FLASHBACK

深水埗公園。

趙殷娜跟我分別後，不久又約我在深水埗公園見面。

也許因為剛才高展雄在場，她不想多說什麼，我也沒有去海味店，決定再跟她見面。

「剛才妳沒有說出離開公司的事。」我打開了話題：「是不是有什麼隱憂？」

「我第一眼看到你時，我的回憶就已經回來了。」趙殷娜脫下了高跟鞋：「我少女時代的記憶回來了，那個不顧一切，不會想太多的自己，就在腦海中再次出現。」

「其實那夜，我……」

「我知道。」她打斷了我的說話：「當你說出沒有了當年的記憶時，我就覺得很古怪了。」

「為什麼這樣說？」

「因為你，我才認識高展雄。」她微笑說。

趙殷娜跟高展雄認識的原因，是因為我？

「那夜的聖誕節……」

她開始說出她記起的回憶。

我一直聽著她說出當年的事，我完全不敢相信！

「怎……怎可能？」

「你相信一見鍾情嗎？」趙殷娜看著藍天：「當年對著展雄就是有這種感覺，那時候他是一個花心的少爺仔，我們經歷了很多很多事，才會有今天。」

「你當時相信他的說話？」我問。

「對，因為根本就是同一個人。」趙殷娜認真地說：「其實，這些年來我也覺得很奇怪，有時當我問到展雄我們是怎樣認識的時候，他不是說沒什麼印象，就是說像其他人一樣普普通通的認識吧。不過，我當年第一次見他的時候，他的確說過，我們認識的『方法』不能跟任何人說，後來，卻是他自己先忘記了。」

我聽得一頭霧水，努力嘗試在腦中組織整件事。

「其實，我也沒有當晚的記憶。」

「是這樣嗎？看來當年展雄所說的，都是真的。」趙殷娜說：「我還以為你走回來把事情說清楚，卻讓事件更複雜了。」

這句說話應該是我說吧？

「你相信……命運嗎？」她突然問。

「我相信自己創造的命運。」我說。

「但有時我們以為可以控制命運，其實根本沒法控制，或者，我們三個的相遇，就是沒法控制的命運。」趙殷娜說。

如果我不是曾經暗裡喜歡她，也許，就不會有之後發生的事。

這是可以控制的命運？還是不可以？

不過，我沒有說出來，就讓這個秘密永遠藏在心中。

「你曾經喜歡我嗎？」

我呆了一呆，沒想到我不說出來，她卻提起了。

「雖然還沒搞清楚這件事，而且都過了這麼多年，不過……」趙殷娜看著藍天微笑：

「謝謝你曾經喜歡我。」

「嘿。」我苦笑。

如果不是我喜歡她，聖誕節的慶祝聚會那晚，我就不會去，然後，她就不會認識到一起十多年的高展雄。

我們沒有說話，跟她一起看著沒有雲的天空。

本來她跟我說的內容，讓我完全墮入了混亂之中，不過，這一刻，又因為她一句「謝謝你曾經喜歡我」讓我拋走了暫時的煩惱。

坐了一會後，我站起來：「好吧，我還有事要做，就跟妳聊到這裡了。」

「我們還會再見面嗎？」她說。

「會，當事情弄清楚以後，一定會再見面。」

我絕對要把事情弄個明白，把我這三年失去的記憶，完完全全地回來！

《放棄一個喜歡很久的人，放下用的時間，會比喜歡更久。》

05 閃回 FLASHBACK

我又回到了那間海味店。

同一時間發生太多事了，突如奇來的閃回、遇上了高展雄與趙殷娜，現在，就輪到這個在相片中出現過的四眼男人。

如果跟范媛語與高展雄比較，這個四眼男人應該是改變得最少的人，雖然發福了，不過感覺依然是弱不禁風。

「先生想買什麼？」他對著我說。

「不，我不是來買東西，我是來找你。」然後我把相片給他看：「我們可以談談嗎？」

「這是……」他拿著相片：「這是電腦合成照嗎？我怎麼沒有印象拍過這張相片？我也不認識你。」

「我們先坐下來，再慢慢跟你解釋，整件事非常不可思議。」我說。

「等等，我只認識你不到三十秒，你就拿張合成照給我看，又說什麼不可思議，很古怪！」

他退後了一步。

「我知道很奇怪，不過你已經是我在相片中找到的第三個人，你先聽我的解釋……」

他沒有理會我，眼定定地看著相片。

「你有沒有相片的電腦檔案？」他突然問。

「有！我可以EMAIL給你！」我對他突然改變態度有點驚喜。

然後，我把相片傳給他，他打開了桌面上三台MACBOOK，看著這張相片。

一間舊式的海味店，放著幾台MACBOOK，而且是最新的型號，總是覺得格格不入。

「你在看什麼？」我問。

「奇怪了奇怪了，這張相片沒有做過手腳，是真實拍攝的。」他托一托眼鏡說：「但我真的沒有記憶有跟其他人拍照，而且當年的我是一個非常怕事的人，根本不喜歡跟其他人溝通……」他在自言自語。

我沒有說話，只觀察著他的反應。

「不過，這個男人，我有一點點印象。」他指著滿臉鬚根的男人。

「什麼？你認識他？」我問。

「不是認識，而是好像在那裡見過，剛才我是因為他才會坐下來用電腦看這張相片。」他皺起眉頭看著我：「不過，我對此事沒有興趣，你還是走吧。」

「但……」

突然，我腦海中再次出現了「閃回」！

一秒的時間！

「周麗雯。」我說出了一個女生的名字，還有：「馬子明。」

馬子明，就是這個四眼男人的名字。

他呆呆看著我。

「我們就一起生活在『雯明世界』吧！」我說出了剛才閃回出現的對白。

他立即抽著我的衣領，非常生氣：「你為什麼會知道的？為什麼知道我跟雯雯的事！」

「我……我也不知道，是剛才的閃回，讓我腦中出現了你跟那個女生的畫面！」我用力地說。

「什麼?!」

太奇怪了,「閃回」的情況再次發生,不過,這次不是我的記憶,而是這個叫馬子明的記憶!

閃回的內容,是他在網上認識了一個叫周麗雯的女生,他們在網上是一對情侶,卻從來也沒有見過面,他們決定了在認識的一周年,第一次約會。

他們相約在觀塘的裕民坊,結果第一次見面之後……

雯雯與明明的「雯明世界」……

崩潰了。

《你要知道,看心情回不回覆你的人,不值得你等。》

06 閃回 FLASHBACK

「觀塘裕民坊，已結業的遊戲機中心樓下。」我說出了地點。

他鬆開了手，眼淚差點流下來。

當天，他被那個周麗雯打了一巴掌！周麗雯說馬子明欺騙她的感情，直接一點，因為對方不喜歡馬子明的外表，才會有這樣的掌摑事件發生。

也許，見網友、被網友嫌棄也是很正常的事，不過對於當時只喜歡在家玩電腦，年輕的馬子明來說，簡直是晴天霹靂！

「我也不知道為什麼我腦海中會出現你的記憶，所以我才想調查一下！才會找上你！」我說。

「你……你是怎樣找到我的？」

他好像一個漏氣的氣球一樣，本來還很生氣的，現在卻完全提不起精神。

「她。」我指著相片中的范媛語：「在她家居電話的快速鍵中，找到這海味店的電話，然後，我找到了地址。」

「這個女的我一點印象也沒有。」馬子明說。

「我懷疑在相片中的六個人，都沒有了當年的記憶。」我說：「所以我想找回當時的記憶，把事情弄清楚！」

「找回記憶？嘿。」他搖搖頭：「你知道嗎？因為那次之後……我沒有拍過拖。」

他說的被掌摑那段回憶。

我有一點同情他的經歷。

「我不想記得從前的回憶，一點都不想。」馬子明嘆了口氣：「我想我沒法幫你了。」

其實我是明白的，不是每個人都有美好的回憶，我完全了解他的感受。

「我明白的，不過我也希望你想想2000年至2003年之間，有沒有發生過什麼特別的事，還有，剛才你說過好像見過那個人，如果你記起來了，立即通知我，可以嗎？」

「盡力吧。」

當我說出「周麗雯」這個名字之後，馬子明就變得沒精打采，我已經知道未必可以問出其他的情報，我給他聯絡資料，然後離開了海味店。

「呼……我想我應該找個地方，靜靜地組織今天所發生的事。」

我最喜歡靜靜思考的地方，除了可以看到海的碼頭外，就是……巴士之上。

我坐上回家的巴士，戴上了耳筒，聽著2004年的PLAYLIST。

「本應打九九九可以求助　無奈你不是像持刀傷害我　我到底驚慌什麼～」

古巨基的《傷追人》。

就好像馬子明一樣，回憶總是會傷人，而且追著人不放，不過，當有一天能夠把往事放下，也許，回憶就會變成了……「沒有人可以拿走的經歷。」

我想起了自己寫過的一句語錄。

「我們不會忘記，但我們會放下。」

……

…

.

第二天早上，我回到工作室，第一件事要做的，就是整理昨天所發生的事。

「老闆，你好像幾晚沒睡覺一樣。」我的助手黃海靖指著我的眼袋說：「你那件事還沒處理好嗎？」

「還未，比我寫小說更複雜。」我打了一個呵欠：「幫我沖杯咖啡，要雙份的。」

「沒問題！」海靖向我奸笑：「其實呢，我後天要跟家人吃飯……」

「OK。」我沒等她說完先給她答案了。

「謝謝！」

我已經習慣了，其實我已經聽了太多請假的原因，不用多說，我就批准了。如果沒記錯，有一個月她三十日放了十五日假，而我在那個月只放了一日，而那天是……十號風球。

「老闆，今天收到封信，放在你桌面！」

「都叫妳別叫我老闆。」我沒好氣地說：「叫我孤又或是RAY也可以！」

「知道知道！」她吐吐舌頭。

我看著那封信，沒有什麼特別，就是一個白信封上面寫著我工作室的地址。我打開看，是一張對摺的紙，紙上寫著一組數字……

「7572591172392」。

「什麼鬼東西？」

我打開對摺的紙來看，裡面只有一句文字。

「如果你知道這組數字的含意，你真實的記憶，將會再次回來。」

我瞪大了雙眼！

是……是誰寄來的？

我真實的記憶？

這個人知道我消失記憶的事！

《別要因為你變成了再沒感覺的人，而去嘲笑一些為情痛苦的人。》

07 閃回 FLASHBACK

「海靖，是今天收到的嗎？」我緊張地問。

「今天郵差還未派信呢？可能是昨天，昨天我放假，你有看郵箱有信嗎？」她反問。

「我沒看郵箱。」我在思考著：「這個是什麼人？為什麼會知我公司的地址？」

「知道不難啊，之前你叫讀者可以寫信給你，你有公開過地址。」海靖說。

「的確是。」

我坐在沙發上，看著這封平平無奇的信，沒有什麼特別，最普通的信封與信紙，字跡不好看，有點像慣用右手的人，卻用左手寫的字。

「為什麼這個人知道我的事？他是誰？為何好像在提醒我一樣？」

我立即走回工作桌前，寫下知道這件事的人名字，甚至是因為這事件而接觸過的人，我都寫下來。

大腦研究中心，古哲明與黃凱玲，還有催眠師李德榮。

我兩位前度女友，黃美晶與林妙莎。

鞋店舊同事，輝哥、趙殷娜、李基奧。

電腦店老闆。

我幾個小學同學兄弟，勞浩銓、彭文漢與賴培良。

有關卡片的事，我妹妹梁家瑩，還有聯絡了的二宮京太郎。

在合照中已經接觸的三個人，范媛語、高展雄、馬子明，還有范媛語的先生張超仁。

最後是我的助手黃海靖。

「又關我事？」海靖走到我身後偷看。

「當然，我經常都跟妳分享這件事的進度，妳反而是最有可疑的一位。」我奸笑。

「我沒有啊！我怎會寄這封信給你！」

「如果妳給我靜一靜，我就不懷疑妳了，好不？」

「OK沒問題！」

嗄……真的是波折重重，不斷出現了新的「線索」，但問題是，這些「線索」又是另一個

「謎團」。

好吧，現在集中精神，我要重組一下昨天到今天所發生的事。

我從范媛語的家居電話的快捷鍵中，得到了六個電話號碼，我找在電訊公司的舊同事調查，其中五個已經沒有人使用，最後一個是一間深水埗海味店的電話，我就依照地址去了海味店，遇上了合照中的四眼男人。

就在同一時間，我在街上遇見了多年沒見的舊同事趙殷娜，我曾經暗戀的人，此時，我腦海中閃出了回憶，以古哲明的說法，也許是同時遇上了有關聯的人，才會出現了「閃回現象」。

在那段回憶之中，出現了1999年11月19日沒有記錄日記的那天，我在等人去看電影。原來我是跟日月瞳去看《搏擊會》，我一早已經認識她，但奇怪地，我的日記中完全沒有記錄這個人，反而范媛語我也有寫下來，日月瞳卻隻字不提。

然後，「閃回」完結，我回到了現實的世界，我追上了趙殷娜，同時相片中另一個男人出現，他是高展雄，而趙殷娜與高展雄已經一起了很多年，就是因為我，他們才會認識。

聖誕節那晚，趙殷娜說出了一件不可思議的事，非常不合邏輯的事，我也沒辦法去理解與分析，如果依照她的說話，我應該是一早認識高展雄，可惜，我卻完全沒有印象。

而且，我已經可以肯定，那晚跟趙殷娜上床的人是我，她親口承認了，但為什麼高展雄當時會說是他？反而我自己卻沒有了這段記憶。

然後，我回到海味店，找到了合照另一個男人馬子明，當然，他跟范媛語與高展雄一樣，完全沒有拍這張相片時的記憶，甚至是不認識我。就在他鑑定照片的真偽之後，我腦海中再次出現了「閃回」，不過，這次不是屬於我的回憶，而是馬子明。完全不合邏輯，我也是第一次見到這個叫馬子明的人，我怎會有他的回憶？是他曾經跟我說？還是有其他原因？

而馬子明在照片中覺得那個滿臉鬚根的男人很面熟，不過他不記得在那裡見過這個人，我已經留下聯絡方法，如果有什麼發現，要他立即聯絡我。

還有，剛才我打開了一封不知誰寄來的信，信上有一組「7572591172392」，信中所說，如果我知道數字的含意，就可以揭開消失的記憶這個謎團。

這個人是誰？

這組數字又代表了什麼？

這個人是我曾遇上的其中一人？

此時，我的電話響起，是他，馬子明。

「喂？」

「我記得那個男人！兩年前我曾經見過他！」他說。

《懷念比一起過程更長的原因，是你沒法在他身上得到身分。》

DON'T BELIEVE IN
YOURSELF!!

集合 ASSEMBLE

01 集合 ASSEMBLE

下午四時。

我來到了長沙灣工業區。

馬子明認得這個男人，兩年前，男人來了他的家維修冷氣，所以有一面之緣，他是一間冷氣維修的老闆，馬子明找到了男人公司的卡片，然後我決定親自去找他。

我看著馬子明拍下的卡片地址找尋，這個男人的名字叫謝寶坤。

在工業區走了十分鐘，我看到一間「坤記冷氣維修」的公司。

我走了入去。

「先生想維修冷氣嗎？」一個年輕的男人問。

「不是，我是來找謝寶坤。」

「找我們老闆有什麼事？」男人表情變得緊張。

「我想跟他見面，他在嗎？」

「你不說是什麼原因找我老闆，我不會告訴你他人在哪裡！」

搞什麼鬼？

就在此時，在公司內的虛掩門前，有一個男人探頭出來看，他看見我後，立即走出來。

「周仔，沒事沒事！他不是來追數的！」

應該沒認錯吧，他就是相片中滿臉鬚根的男人，現在他依然是鬚根滿臉，不過更有男人味，有點像《屍殺列車》中保護懷孕妻子的馬東石。

「兄台，有什麼事找我？」謝寶坤問。

「是關於一些過去的事。」我拿出了相片給他看。

「這是……」他瞪大了雙眼：「媽的，我何時拍過這張相片？」

「你認得他嗎？」我指著馬子明：「就是他給我你公司的地址。」

「我有點印象，應該是這一兩年的事，我有去過他家維修冷氣，不過，這張相片中的我，至少有十年以上！我完全沒有印象！」謝寶坤說。

「這就是我找你的原因！你是我找到的第四個人！」我認真地看著他：「加上我是五個，

我們都有一個共通點，就是我們互不認識，而且也沒有拍這張相片的記憶。」

「嘩！很邪門！」周仔大叫。

「喂，老老實實你是不是什麼詐騙集團的人，想來騙我錢？」謝寶坤戚眉看著我。

我苦笑：「我才沒這麼無聊，我只是想找出在那段時間，究竟發生了什麼事！」

他走到我身邊打量著我。

「好吧，你入來我辦公室，把這張相片的事詳細跟我說！」

「好的。」

「周仔，如果有人來找我……」謝寶坤跟他單單眼。

「明白！」

然後，我跟他走入了辦公室，與其說是辦公室，我覺得更像雜物房。

我用了半個小時，跟他說出大約發生在我身上的事。

「2000年至2003年期間嗎？」他吐出了煙圈：「兄台，十幾年前的事，我真的沒印象！」

「這段時間內，你有沒有寫下什麼筆記之類？又或是拍下相片？」我追問。

「啊，等等，我好像有記下來！」

他走到書櫃前，下方的書桌放滿了雜物，亂七八糟。

不久，他從一個爛紙箱中拿出一本黑色的簿。

「嘰！找到了找到了！別少看這本簿，它記錄著我的『戰績』！」他自得其樂笑說。

「戰績？」

「賭錢的戰績！」

然後他揭著那本黑簿，又皺起了眉頭：「媽的，當年也輸很大！」

他一路揭下去，樣子像愈來愈扭曲，看來他的「戰績」也沒什麼值得炫耀吧。

「有了有了！找到了，哈哈！」

「找到什麼？」

「就是你說的幾年間，就是這一天，給我一鋪贏回來！」他把黑色簿給我看。

黑色簿上面寫著一個日子……

2003年8月31日，澳門葡京，贏了七十萬。

「如果我沒記錯，我由晚上賭到早上，一直贏！」謝寶坤指著簿上大笑：「我也有寫著，星期日賭到星期一，我是坐9月1日的早班船7:15AM回來！」

我……看呆了。

我打開了手機的相簿，然後，給他看一張相片。

那張我由澳門回香港的船票……

日子是01-09-2003，時間是7:15AM……

跟他黑色簿的內容完全吻合！

《別要太過習慣期待，這樣會少一點傷害。》

02 集合 ASSEMBLE

謝寶坤看到後，也非常驚訝。

「我們是坐同一班船？」他問。

「我沒有去澳門的記憶！」我搖頭說：「我們會不會是……一起去的？」

「怎會！我都喜歡獨來獨往去賭錢！」謝寶坤說。

「你肯定？就好像這張相片一樣，你跟我們其他人合照也沒有記憶吧？那去澳門賭錢真的是一個人去？」

我不是想反駁他，我只是覺得他的記憶跟真實都有出入。

「媽的……」謝寶坤坐了下來。

「整件事，都是由我看自己的日記開始，在日記最後一頁是寫著『別相信之後三年的記憶』。」我認真地說。

謝寶坤用手背抹去額上的汗水：「幹！你突然走出來給我看相片，又給我看去澳門的船票，還跟我說不要相信那三年的回憶！你是不是電視台的演員來的？現在是拍攝什麼特備節目嗎？」

「才不是！全部都是發生在你跟我身上的真人真事！」我搖頭：「我知道，沒有一個人會立即可以相信與接受，不過，我沒有隱瞞什麼，直接說出來，就是想你幫助我調查！」

「怎幫？」

「我想你找找有關這三年的記憶，比如像你的黑色簿一樣，寫下的文字、相片等等，還有曾聯絡過的人，看看有什麼是跟你記憶有明顯出入，然後聯絡我。」我說。

「我拒絕。」他斬釘截鐵地說。

「為什麼？」

「你剛才說過你是作家，對吧？也許對你來說要找回過去是他媽的重要，不過，我只是一個冷氣佬，我對找不找回記憶一點興趣也沒有！你說的事的確是非常古怪，不過我沒興趣知道！」

「你不想知道那天贏了七十萬發生了什麼事嗎？」我努力游說他。

「不是不想知道，只是已經過去了，男人就是要向前看吧！」謝寶坤拍拍自己的胸口：「我看你還是別浪費時間了，知道了又怎樣？又沒獎金。」

我本來想反駁他說「沒有從前的自己就沒有現在的你！」，不過，我知道每個人都有屬於自己的生存方式與想法。

「我明白了。」我有點失望：「不過，如果你想到什麼特別的事，請聯絡我吧。」

「沒問題。」他走到大門前打開大門：「我盡量吧，我還有事要做，請便。」

我沒有多說什麼，就像其他人一樣，我知道他們總會想通，然後跟我聯絡。

最後，我回頭說了一句：「對，或者，記憶中可能會有什麼必贏錢的方法也不定，不過……還是算了。」

他看著我，我說完後轉身離開。

而我所說「相通」的意思，就是……人類的「好奇心」。

如果沒有好奇心，人類就不會進步了。

我想用「必贏錢」的想法，讓謝寶坤產生好奇心。

離開長沙灣後，我來到觀塘碼頭，這裡是我經常來的地方，心情不好又或是有心事時，我都會來這裡聽歌看海。

「我叫你玉蝴蝶　你説這聲音可像你？　戀生花也是你　風之紗也是你　怎稱呼也在這個世界尋獲你～」

2001年，謝霆鋒的《玉蝴蝶》。

現在已經找到了相片中的四個人，還欠一個……日月瞳。

現在找到的人，對這張相片也沒有任何的記憶，而且也互不相識，但奇怪地，他們的關係卻好像某程度上「連在一起」。

從范媛語的舊電話中找到了馬子明，去找馬子明時遇上了高展雄，然後，馬子明讓我找到謝寶坤……而我，就是我們五人中的「源頭」。

為什麼會這樣呢？

難道在我們的身上會出現什麼的「羈絆」？

「啊？」

戀生花也是你……風之紗也是你……怎稱呼也在這個世界尋獲你……？？？

我心中出現了一個……

瘋、狂、的、想、法！

《奇怪地，有些人你經常遇見，有些人卻從來也沒再遇上。》

03 集合 ASSEMBLE

我叫……日月瞳。

最近我在家中找到了兩本很舊的日記簿，我從來也不是一個很喜歡記錄生活的人，我忘記了這兩本日記簿的存在。

曾經，小時候我有寫過日記，應該是念初中的時候吧，老師說寫日記是一種好學生的習慣，所以我就寫了。不過，也沒寫多久我就放棄了，我不是不喜歡寫字，而是我不喜歡把每天的事都記錄下來，過去了就是過去了，再想也只不過是「沒法改變的過去」。

初中時寫了幾個月之後，我就放棄了，但沒想到幾年之後，我又再次寫日記，而第一天的日記是在……1999年9月16日開始，我大約是十七八歲。

我打開了第一頁看。

「啊？這不是我寫的字跡！」

這不是我的日記，為什麼會在我手上？我很努力地回憶，卻完全想不起來。

然後，我揭開了第二本日記。

是我的字跡，這才是我寫的日記。

為什麼會這樣？一本是我寫的日記，另一本是另一個人寫的……

啊？會不會是……

我把兩本一藍一紅的日記打開，一起揭下去，來到第七頁，兩本日記的字跡調換了！

「交換日記！」

我曾經跟這個人交換寫日記！

為什麼我完全沒有記憶？

現在我手上有兩本日記，也許是因為他交給我後，我忘了帶給他，然後再沒有寫下去，所以一直也在我的手上。

我立即再次打開第一本日記看。

1999年9月16日　星期四

今天是很特別的一天，因為這天是我有生以來，第二次遇上十號風球，這個風球叫「約克」。在我出生以來在香港出現過兩次十號風球，不過第一次是1983年出現，當年我才是BB仔，所以這一次是我有認知以來，首次遇上的十號風球。

風很大，在我身後的玻璃窗，不斷出現被風拍打的聲音，我在想會不會爆玻璃？然後，玻璃插入我的後腦，即時死亡？

看來沒有爆，我沒有死吧，不然我就不會寫下去，嘿。

沒錯，我滿腦子都是奇怪的想法，或者，我將有一天可以寫書，出版自己的小說，嘿嘿，還是想想好了。

今天除了是十號風球，還有另一件特別的事，就是我跟日月瞳開始交換日記了，沒想到我說跟她玩玩交換日記，她爽快地答應了，不過，她叫我別要把她寫進我本身一直在寫的日記內，只寫在我們這本交換的日記之中。

她想我們的回憶只記錄在我們交換的日記內。

不過，如果是這樣，我不就要寫兩個「不同版本」的日記？好吧好吧，是我說要交換日記的，那沒辦法，就依她的說法吧，雖然要寫一倍的字，但其實我蠻喜歡寫字的，雖然我字很醜，嘿。

說開日月瞳這位女生，她的名字真的夠特別，姓日的已經不多了，還要是月瞳，真有趣！反而我的名字沒一點特別，我寧願有一個特別的名字，讓別人可以記起我。

就好像我會記起日月瞳一樣，一世都不會忘記。

雖然我們只認識了一個月，不過，我們很快熟悉了，我覺得她人不錯，雖然有點刁蠻任性，想法又古怪，不過，她是一個好人，而且蠻漂亮！（這句我才不是寫給妳看的，是真心的，哈哈！）

今天就寫到這裡吧，我在想，今天她會寫什麼呢？

會不會像我一樣……

寫著關於我的事呢？

梁家威字

梁家威？

我有認識一個叫梁家威的人嗎？

然後，在這篇日記的最後，他寫了一個手機號碼，在手機號碼下方細細字寫著……

「我習慣會在日記上寫入新朋友的手機號碼，因為我總是覺得，就算有很多原因失去聯絡，都總會有一天再次聯絡上。這次是交換日記，所以我寫了自己的手機號碼，哈哈！」

「1999年的手機號碼，還可以打得通嗎？」

我看著那個電話號碼說。

《你可以思念成癮，但別要因愛成恨。》

04 集合 ASSEMBLE

孤泣工作室。

「為什麼你又轉電話號碼，真麻煩呢？」我跟助手海靖說：「我從來也沒轉過手機號碼！」

「你這麼多年也沒轉過？」她問。

「對，十八歲開始用這個號碼直至現在。」我想了一想：「不對，應該說是用到死的一天！」

「為什麼你不轉一下號碼呢？」

「因為我在等一個電話。」我笑說。

「是誰？」

「一個十八歲時認識的朋友電話。」

「老闆你是不瘋了？也十多年了，要打給你就早打了！還在等什麼？」海靖最喜歡是駁嘴。

「首先……我叫妳別再叫我老闆，然後，我不是瘋的。」我拍拍她頭：「我跟妳說，或者她一世都不會打給我，我也要一直兌現不轉電話的承諾。」

「明白了，老……」她掩著嘴巴：「阿RAY！」

正當我想分享這個故事之時，我的手機響起。

「她打來了！」海靖奸笑：「那個你等了十多年的人，終於打給你了！」

我苦笑，怎會這麼巧合呢？

我看一看來電顯示，是一個不知名的電話號碼。

「喂？是誰？」

「請問你是不是梁家威？」是一把女人的聲音。

「我是，妳是誰？」

然後，當她說出了自己的名字時，我整個人彈了起來！

她打來比我接到「不轉電話承諾」那個女孩的電話更驚訝！

「其實……其實我也一直在找妳！」我說。

……

……

．

下午六時。

馬灣沙灘附近的餐廳。

在電話中，我們簡單地交換了所知道的事，不過我還是希望跟她當面見面。

我們約了在馬灣見面，我比預定的時間早了一點來到，在等待著她。

我完全沒有想到，照片中最後一個人不是由我去找到，反而是她來找我了。她還跟我說，她是從一本交換的日記中找到我的聯絡，我沒有記憶曾跟她交換日記，而最重要的是，如果我當時真的有寫日記，這將會是很重要的「線索」。

弄清楚這三年所究竟發生了什麼事的線索。

侍應放下了我的第二杯咖啡，同時，她出現了。

在相片中，那個樣子帶點清純的日月瞳，已經站在我面前。

「你是……梁家威？」

「對，我是。」我微笑：「你是日月瞳？」

「沒錯。」

她已經轉換了從前的髮型，換來的，是成熟的直髮，髮尾略帶彎曲，眼睛大大的，樣子依然漂亮。

「就算現在我看著你，我也不記得曾經認識你。」她莞爾。

「其實我也是，嘿。」

「你不是說在相片中見過我嗎？」她問。

「對，不過我對相片中的妳也沒有印象。」我拿出了那張合照：「妳呢？妳認識當中的人嗎？」

她拿著相片看了一會，然後搖頭：「不認識，我也沒拍這張相片的記憶。」

「可以給我看看我們交換的日記？」我問。

「可以。」

然後她從袋中拿出一藍一紅的簿子。

我們就是這兩本日記的主人，卻同時忘記了曾經交換過日記。

「很奇怪，我把兩本日記都看過，卻沒有提到11月19日有跟你一起去過沙田戲院。」日月瞳用疑惑的目光看著我：「應該說是，11月19日我們都沒有寫日記。」

《你是能夠說出口的掛念？還是不能說出口的思念？》

＊「等待一個來電」的故事，請收看書中最後孤泣小故事——《我的電話號碼》。

05 集合 ASSEMBLE

由1999年9月16日十號風球那天開始，一直寫到2001年7月24日，雖然跟我的日記不同，不是天天寫，但差不多兩年的時間也寫滿了兩本日記。

我打開兩本日記，揭到11月19日，的確，我跟日月瞳也沒有寫當天的日記。

「對不起，給我一點時間可以嗎？我想先看看我們交換日記的內容。」我說。

「沒問題。」

我在袋中拿出了耳機，選擇了一個1999年的PLAYLIST。

「其實，我也沒完全看完這本日記，現在有兩本，我們一人看一本吧。」

她沒等我回答，已經把椅子移到我的身邊，然後自行拿起了一邊耳機戴上。

「嘿，沒問題。」我苦笑。

我也戴上了耳機，按下了隨機播放。

「不捨得傷心　傷心怎將你抱起　不捨得開心　留來給你歡喜～」

是謝霆鋒的《非走不可》。

我們不是第一次見面，但又是第一次見面；好像很陌生，但又好像有點熟悉，兩個已經忘記對方的人，又一起看從前交換的日記。

很奇怪的感覺，嘿。

不過，在夕陽之下跟一個曾經交換日記的陌生人一起看交換的日記，我就像變回了年輕的自己，再經歷一次已經沒法回去的過去。

的確，內心有一種感慨與遺憾，不過同時，又有一份慶幸我是這樣成長的。

沒有從前的自己，沒有現在的我。

……

…

.

用了一個多小時，我快速看完了這兩本日記，我寫下了一些重點。

「你當時的偶像是許志安嗎？」日月瞳問：「你寫了很多他的歌詞。」

「是啊，他的歌曲陪伴我成長。」我回憶著：「無論，人去到幾多歲，青春與回憶是不會改變的，當年他的歌就是我戀愛的記錄。」

「嘻，這次我比較認真地看你寫的部分，別介意我這樣說，我覺得你……」她噗哧一笑：「我覺得你好像女生。」

「嘿，真的嗎？我反而覺得妳像男生，感覺很堅強的。」我笑說：「無論是上學還是上班，你遇到了困難，也會用笑容去面對，不會逃避。」

「對啊，我記得當年學校的女生都杯葛我，又不是我的錯，是他的男朋友喜歡我，我才沒有發姣去搶她的男友！」她愈說愈激動：「還有啊，我新上班，那個上司就想佔我便宜了，我才不像其他人一樣不哼一聲！」

日月曈發現了自己太激動：「對不起！我想起了有點生氣。」

「沒有沒有，這不才是真實的妳嗎？」我說。

「成長了，因為長大加上社會的改變，其實慢慢地我都變得忍氣吞聲了。」她語氣帶點無奈。

「我明白妳，因為我們都是在這樣的時代、這樣的社會長大。」

她沒有回答我，我們一起看著夕陽落下。

就算從前志氣有多高也好，出來工作久了，就會慢慢地被磨掉了稜角，或者，這就是成長中的痛苦。

不久，她問：「你在日記中，有發現什麼地方跟你的記憶有出入？」

我托著腮說：「老實說，沒有太多的發現，因為大致上都是一些日常生活的記錄，而且也不是天天寫，有時一星期也沒有寫日記，重點是……」

「是什麼？」

「是『交換日記』。」我說出我的想法：「如果比對我自己寫的日記，有很明顯的不同，我本來寫的日記，是寫給我自己看的，而這兩本日記，我感覺上……」

「是寫給我看的？」日月瞳比我先說。

「對，所以某程度上，未必是最真實的。」我笑說。

「你也說得對，我看著我自己寫的內容，大致也是上學、上班之類的，有時還會在日記中問你問題，我感覺這本日記更像一本我們秘密交談的簿子。」她認同。

「因為我們都會回看對方上星期寫的日記內容，所以寫給對方看又問對方問題也是很正常的。」我說：「不過，有一個地方我覺得很古怪，而且我在日記中也有問過妳。」

「哪裡？」

我指著最頂部寫日期的地方：「妳會在日期後寫下當日的天氣，比如晴天、雨天、陰天等等，但奇怪地，有時妳除了寫天氣，還會寫這個。」

是一個無限的符號「∞」。

「這是代表了什麼？」我問。

當我問到這個問題時，她的反應有點大，不是叫出聲那一種，而是她臉上的表情改變了，有一點驚慌，又有一點不知所措。

「我……我忘記了，也許是有儲錢吧。」她說。

我感覺到，她在……

說謊。

《雖然確實有點喜歡你，不過還是選擇做自己。》

06 集合 ASSEMBLE

「妳會記錄儲錢的日子？」我再問一次確定。

「對，我的確有這個習慣，不過，我也不肯定，也許這符號不是太重要。」她說得有點虛浮：「你還找到其他奇怪的地方？」

她在轉換話題。

「我想把這兩本日記帶走，然後跟我自己的日記比對一下。」我說：「可以嗎？」

「當然可以！因為這兩本日記不只是屬於我的。」她親切地說：「也是屬於你的。」

「謝謝。」

「其實我反而想知道你在電話所說在你身上發生的事，因為你也是只是略略說，我也很想知道更多。」她想了一想：「比如你說閃回看到是我跟你去看電影這些事等等。」

「妳有時間嗎？」

「還好。」她看一看手機上的時間：「今天我凌晨才當值，我有時間。」

「還沒問妳是做什麼工作?哈,我們一直也在說從前,都忘記了現在。」我傻笑。

「我在一間二十四小時的寵物醫院當獸醫的。」她微笑說。

「原來……原來妳是獸醫!我家有六隻主子,生病時可以來找妳啊!」我想起了牠們,高興地說。

「我才不想見到你,這樣才證明你家的貓貓健健康康。」日月瞳跟我單單眼:「你呢?你做什麼工作的。」

「什麼?不明白。」

我笑了一下說:「我想妳又會問我同一個問題了。」

「我是一位……香港小說作家。」

她呆了一呆:「你是作家?」

「你說的故事不會是小說橋段吧?」我們一起說。

我就知道她會這樣問,我跟著她說。

我們都笑了。

「你的日記有寫過『出版自己的小說』，看來你已經夢想成真了！」她替我高興。

「謝謝。」我有點尷尬。

其實也不是我的夢想呢？不過，還是別談這話題，說回正事。

「你是我找到的第五個人，我同樣想跟妳說……」我自信地說：「如果只是我的小說橋段，為什麼你跟我一樣，也沒有了大家的記憶呢？」

她想了一想，明白我的意思了。

「就好像發夢一樣，我們兩個人也不會同時出現在對方的夢中對話。第二天醒來，我們可以說出在夢中跟對方對話的內容嗎？根本不可能，因為我們都是各自在做夢。」我解釋：「而現在卻不同，因為我沒有了的記憶，妳同樣也失去了，但事實是真實的發生了，所以不是在做夢。」

她輕輕一笑：「就憑你這番說話，我相信你是一位小說作家了，同時，我相信你不是在寫小說。」

「謝謝，日月瞳小姐。」

「妳就叫我月瞳吧。」她反問：「那你的筆名是什麼？」

「子瓜水立。」

看來，最後一個在照片出現的人日月瞳，比謝寶坤更順利地願意跟我合作去調查這三年失去的記憶。

不過，我總是覺得她有什麼隱瞞著呢？

……

…

．

回家後，我立即找回自己的日記比對。

跟我所想的一樣，交換日記的內容，大致都是寫給日月瞳看的，而我本身自己的日記卻沒有提到這個人，而且日記的內容會比交換的日記更加真實。

「看來這本交換的日記也找不到什麼線索呢。」我有點失望。

不過，就連我自己也沒想過，曾經跟這個女人交換寫日記，更想不到的是，我竟然在十多年後，再次遇上這個人，很陌生，但同時又覺得她似曾相識。

有寫過日記的人，如果像我多年後再回看，都應該會有同一種感覺……

「這真的是我寫的嗎？」

好像不是自己寫的，但其實真的是自己寫的，日月瞳這個人，就是給我這一種感覺。

啊？我自己的日記沒有再寫下去，暫時也不知道原因，那我們交換的日記為什麼又沒有再寫呢？

我揭到自己最後寫日記的那天，是2001年7月24日，內容全都是上班的事，遇上什麼客人之類的，根本沒有提到不再寫日記。

我在我本身的日記再看看2001年7月25日這個日子，才發現我根本沒有寫這段時期的日記，然後，在網上輸入這日子，出現了一個我很在意的結果……

「玉兔」。

我再看看內容，這天是2001年7月第二個懸掛的八號風球。

我們交換日記的第一天是颱風約克襲港，而沒有再寫日記，也是在颱風玉兔來臨的那天……

這是巧合嗎？

《別要再沉迷，把他當成朋友聚會的話題。》

07 集合 ASSEMBLE

孤泣工作室。

「你想約齊其他五個人一起討論？要不要我幫你打給他們？」海靖問。

「不用了，我自己聯絡比較好。」

我看著寫下的五個人名字……范媛語、高展雄、馬子明、謝寶坤，還有日月瞳。

現在已經找齊了全部人，我想跟他們集合在一起討論，希望可以找到更多的線索。

范媛語、高展雄、馬子明、日月瞳應該沒問題，不過那個叫謝寶坤的大叔，未必會出席。

而且當中不是每個人都像我一樣，這麼想找回那三年的記憶。

海靖剛看完了我寫下的資料，她把FILE還給我：「這根本就是一個懸疑故事啊！」

「對，卻發生在現實之中。」我無奈地說。

「不過我提醒你，如果你繼續查下去，再不寫小說，工作室很難營運下去。」她說：「沒有收入，我這麼好的員工也沒法留下來啊！」

我看著她，應該是我說才對吧？這麼好的老闆妳哪裡找？

嘿，算了，永遠都是員工覺得自己物有所值，而上司永遠覺得自己是好老闆。

就在此時，我「最煩惱的問題」打電話給我。

他是謝寶坤。

「喂，謝寶坤？」

「對，我打來是想問你一個問題！」他的聲線帶點慌張。

「有關記憶的事？」

「嗯。」他停頓了一會再說：「昨天，我聯絡過我的前妻，我有問過我當年的事！我先跟你說，我不是為了要幫助你才去問，而是我也有想過，我的記憶是不是出現了什麼問題。」

「我明白。」

「然後，她跟我說了一些我完全不能相信的事！」謝寶坤吞了口水：「在我們未結婚之前的那幾年，就是2000年之後的三年，她跟我說，我……經常一個人對著空氣說話！就好像在街上遇過的黐線佬一樣，不斷地自言自語！」

我瞪大了眼睛，跟李基奧說我當年的情況一樣！

「我就好中邪一樣！我會說一些奇怪的內容，比如說什麼會有危險、小心被殺之類模棱兩可的內容！她當年有叫我去看心理醫生，我們也因為這樣而吵過架！」他愈說愈激動：「我當時有提起過幾個人的名字，不過我前妻只記得一個，因為是一個很古怪的名字。」

「是日月瞳？」我問。

「不是，她說我經常跟空氣說話，我還說出那個古怪的名字，叫什麼孤仔，她再想一想更確定地說，我當時是在叫……孤泣！」

「什麼？！」

「我立即上網看看孤泣是什麼東西，然後……我看到你的相片！你就是那位作家孤泣，對嗎？」

在他的公司聊的那天，我有跟他說我是一位作家，不過沒說出我的筆名。

「對……」我在思考著：「但當年我也還未用這筆名寫書……」

啊？不對！

「孤泣」這個筆名，是我在中學時代改的，當年，我會用這個筆名去交朋友！

「謝寶坤。」

「說吧！媽的，究竟發生了什麼事？」他又生氣又疑惑。

「我想約我們六個人來一次見面，你可以出席嗎？」我認真地問。

他沒有立即回答，良久，他終於說話：「在哪？」

「孤泣工作室。」

「好吧！」

很好！

這次聚會，人齊了！

《有些人的興趣是，在不應該花時間的人身上花時間。》

*「孤泣筆名來源」的故事，請收看書中最後孤泣小故事——《二十七樓的友情》。

08 集合 ASSEMBLE

三天後，孤泣工作室。

我們六個人圍在地上坐著，中間放滿了我在這次「消失的記憶」調查的資料。

短髮矮小的家庭主婦范媛語。

不羈俊逸的車行CEO高展雄。

四眼發福的海味店店員馬子明。

魁梧粗獷的維修冷氣公司老闆謝寶坤。

長髮漂亮的獸醫日月瞳。

還有我。

我們六個人，集合在一起。

的確，場面有點尷尬尬尬的，因為我們六個人也互不認識，卻因為一張大家也沒有記憶的相片，十多年後再次集合在一起。

我們首先作了簡單地自我介紹，然後開始了討論。

「哈，對不起，地方淺窄，只能要你們坐在地上了！」我先來緩和氣氛。

可惜，不太成功。

「老老實實，我這次來是想弄清楚我自言自語的事，我沒興趣調查什麼失憶的事。」謝寶坤說。

「你忘記了自己為什麼自言自語，不就是失憶嗎？什麼叫對失憶的事沒興趣？」高展雄不太禮貌地說：「你是失憶還是智力有問題？」

「你說什麼？！」謝寶坤憤怒。

「不不不，高展雄不是這個意思！哈哈！」我阻止罵戰開始。

另一邊廂。

「你別要用這色迷迷的目光看著我好嗎？」范媛語對著馬子明說。

「什麼？阿姨妳是否兩眼有事，白內障嗎？」馬子明指指自己的眼睛。

「什麼阿姨！」

「等等，你們別要……」我正想調停。

「你別要愈坐愈過好嗎？」日月瞳坐近我想避開高展雄。

「妳的香水真香，我只是想嗅清楚是什麼品牌而已。」高展雄微笑露出白齒。

「很爛的搭訕說話！」日月瞳生氣地說。

「哈哈！姓高的，人家說你爛呀，爛大叔！」謝寶坤大笑。

「大叔……」高展雄好像很介意別人這樣叫他：「如果我是大叔，你應該是阿伯了！」

「我老虎都打得死幾隻，你才是阿伯！」謝寶坤握緊拳頭。

「阿伯！」

「媽的，你才是阿伯！」

他們五個人開始互罵，場面一發不可收拾。

我吸了一口大氣，然後大聲地說：「大家請聽我說！」

他們全部人一起看著我。

「這件事件非比尋常，我們要團結才可以找出答案！」我認真地說。

「我只是想知道……」

謝寶坤還未說完，我搶著說：「我知！不過，要找回你自言自語的原因，就要找回我們失去的記憶！你不是協助我，而是幫你自己！」

謝寶坤看著本來傻笑的我突然嚴肅起來，他沒有反駁我。

「其實，我也不是太想回憶過去。」馬子明說。

「我也只是想了解你、我與殷娜究竟發生了什麼事。」高展雄說。

「我也明白你們的想法！」我用更重的語氣說：「其實，我已經有一個『假設』，而這個假設，絕對是關於我們所有人的過去！」

我停頓了一會。

「也許，這三年間，發生了某些事情，才會變成現在的你！」我認真地說：「不只是要知道過發生什麼事，而是要讓我們知道，為什麼會出現現在的自己！」

沒有過去的自己，不會有現在的自己。

全場也靜了下來。

其實，他們願意到來，代表了內心也是想知道「答案」。

「對不起，我語氣重了一點，不過，這是我真心想的說話。」我繼續說：「現在，我想給大家看一些東西，看完了以後，你們就會明白我為什麼會這樣說。」

我跟海靖點點頭，她按下遙控，出現了APPLE TV的投射畫面。

「這是兩天前，我妹妹給我看的，她做了一段字幕翻譯。」

畫面中，出現了二宮京太郎最新的訪問專輯！

《有種心淡，會變成習慣，然後感覺一去不返。》

09 集合 ASSEMBLE

「二宮京太郎副部長，這次的專訪希望你說說自己的奮鬥經歷。」記者禮貌地說：「你已經從事新聞社有多少個年頭？」

「已經超過十八年。」他自信地說。

畫面播放著，我看著他們集中精神地看著。

然後，那個記者問他這十八年來，有沒有什麼新聞沒法如實地報導，因而怪責自己沒有把真相告訴大眾。

「你的問題也蠻尖銳，哈。」二宮京太郎風趣地說：「讓我想一想。」

他停頓了一秒，我知道他的腦海中出現了答案。

「是一宗在香港發生的事件，應該就是我初入行發生的，原本，我想做一個世界性的新聞專題採訪報導，不過最後也沒有把事情公諸於世。」二宮京太郎說。

「是關於什麼的新聞？」記者問。

「是關於幾個香港年青人的故事，是六個。」

我給海靖一個手勢，她按下了停頓。

「香港，年青人，六個。」我對著他們說。

「不過這樣也不代表是我們吧？」日月瞳清醒地說。

然後，我說出了我找到一張二宮京太郎卡片的事，一張十多年前的卡片。這代表了我在十多年前曾經有接觸過這個男人。

他們都呆了一樣看著我。

「繼續播放。」我說。

「知道！」

畫面再次開始。

「可以說一說有關的內容嗎？」記者追問。

「恕我無能為力，我不能說。」二宮京太郎搖搖頭：「這新聞是我十八年來，唯一不能公開的報導，不過，這件事卻教會我更重要的事。」

「請問是什麼？」

二宮京太郎收起了笑容，認真地說：「有些東西，是凌駕於新聞價值，我們不能為了真相而去傷害其他人，這也是做新聞更重要的守則。」

「這裡……」我指著電視機：「他說是他十八年來，唯一不能公開的新聞報導，而且他還說不能為了真相而去傷害其他人。」

「即是說，他說的是一件跟我們有關的事，而這件事卻不能公開？」范媛語問。

「對，一個十八年來由見習記者變成了副部長的人，一直盡忠職守，卻因為一件不能公開的事，隱瞞了真相。」我說：「而這件被隱瞞的事，也許就是關於我們。」

他們瞪大了雙眼。

「我們明明十多年前已經認識對方，卻沒有大家記憶，還拍下一張六人的合照，或者，這個叫二宮京太郎知道……『真相』！」我指著電視上定格的二宮京太郎。

「媽的！我起了雞皮疙瘩！」牛高馬大的謝寶坤說：「就算是有關我們，你也不用這樣緊張吧？」

「海靖，給我遙控器。」

然後我把最後一段重複地播放著。

「我看了上百遍，你們留意他的右手手指。」我繼續說：「早前，我在手機的通訊錄中，找到了這個二宮的電話號碼，在附註一欄中我寫著『危險人物 01-01-2001』……」

「他……」馬子明好像發現了什麼：「再播一次！」

我再次重播。

沒錯，我看了很多次，他的手指不是無意識地揮動著，而且在寫著……中文字！

「危險……小心……」馬子明說。

沒錯！

他知道我有可能會看到，所以給我提示！

然後，我把手機給他們看，是我妹妹跟這個二宮京太郎聯絡的內容。

他已經來了香港，而且想跟我們見面。

「這次集合你們，就是想在跟他見面之前，了解更多有關我們之間的事！」我說：「因為，我還未知道這個叫二宮京太郎的日本男人，是敵是友。」

「他約你去哪裡見面？」日月瞳問。

「就是十九年前，1999年那個相同的地方……」我呼出一口大氣說：「沙田UA戲院！」

「什麼？」日月瞳驚訝，然後看看手機上的日子：「兩天後吧？」

我點點頭。

1999年11月19日，一千八百一十六日沒有停止過的日記，就只有這一天，沒有寫下日記。

2018年11月19日，十九年後，也許，我終於可以知道……

故事背後的真相！

我們失去的記憶，是因為「斷片效應」？

「平行世界」？

「除憶詛咒」？

還是「人格分裂」？

謎底即將全部揭開！
《記憶欺騙了你？還是你在欺騙你自己？》
DON'T BELIEVE IN YOURSELF!

別想相信記憶
01
完
待續
DON'T BELIEVE IN
YOURSELF!!
07:20PM 19-NOV
20PM 19-NOV J1
記憶
MON CARNET DE BLOC-NOTES

DON'T BELIEVE IN
YOURSELF!!

孤泣 LWOAVIE

小故事 SHORT STORY

DON'T BELIEVE IN
YOURSELF!!

我們的約定

二十年後，我終於兌現承諾，
嘿。
你要我等你二十年 好過份囉 要請食飯
DON'T BELIEVE IN YOURSELF!!
MON CARNET DE BLOC-NOTES

「約定，我總有一日，妳可以看到作詞人一欄中，寫著我的筆名。」

二十年前，一個只有十六七歲的男生，跟當年的初戀情人說。

……

二十年前，有個小朋友在一個網上「填詞市場」玩玩改編歌詞，後來，出現了沒太多人知的「音樂世界」網頁，網頁當中，男生改編了127首歌詞。

十一年前，長大後的他，決定參加一個大型的音樂比賽，最後贏得了兩個填詞大獎。2007年10月20日那個晚上，男生拿起了手上的填詞獎，振臂高呼，心中很是感動。

他從此一帆風順？

不，才怪。

「根本沒有人找他寫詞。」

這個男生，從來不是一個會「求人」給自己機會的人，「從、來、也、不、會」，他心中想「如果是好，總有人看到」。他的人生中有一句格言「從不強求，要來便來」。

就因為這非常固執的性格，他的「約定」一直也沒有兌現。

九年前，他開始創造屬於自己的「小說世界」，時間過得很快，這樣就過了「九年」。他成為了全職的小說作家，有些認識了他多年的朋友曾問他：「為什麼不寫歌詞，放棄了？」

他的回答是：「我從來沒有放棄，只不過沒人找我填，嘿嘿。」

他依然倔強，從不求人。

在2018年某天，唱片公司經理人禮貌地問男人：「你出過幾多首詞？」

你猜男人怎樣回答？

他笑著說：「一首也沒出過，但我……寫了五十六本書。」

當時，男人是自信地笑著說的。

他拿著一把「磨了二十年」的刀，自信地笑著說。

2018年，事隔二十年後，他發了一個WHATSAPP給當年的初戀情人。

「二十年了，我終於兌現承諾。」

故事完結。

……

世界上，有一個奇怪的「定律」。

「有些人走得很快，有些人走得很慢。」

可能你說，只不過就寫了一首「歌詞」，有什麼特別呢？

可能你說，香港還有人會欣賞本地音樂嗎？填詞還有什麼意義呢？

不，不是這樣的。

我根本不理會有多少收入，有沒有人懂得欣賞，又或者，我一生人中，就只有一首寫上「孤泣」筆名的歌詞，不過，我卻真真正正，實實在在……

「用了二十年，兌現了承諾。」

我可以大大聲聲跟任何人說：「別放棄，走屬於你自己的路！」

我用了二十年，兌現了一個承諾，達成了一個心願，你呢？

你還有夢想未達成？

你已經放棄了曾經說過的承諾？

你還是覺得沒人懂得欣賞你？

請相信你自己，你磨的刀，也許「暫時」無用武之地，不過總有一天，你會發現……

「沒有放棄，是非常值得的事」。

「就算暫時未達預期，也請繼續相信自己。」

《後來沒有你》

孤泣字

DON'T BELIEVE IN
YOURSELF!!

我的電話號碼
9:41
951*****
DON'T BELIEVE IN
YOURSELF!!

「從前號碼，等於老地方。」

「9、5、1」

我的手機號碼很有趣，只有三個數字組成，這三個數就如玩「井字過三關」一樣，打斜的按。由我18歲可以自己登記直至現在，我也從來沒有改過電話號碼，十多年來也沒有改過。

因為號碼「特別」所以不去改？當然，這是其中一個原因，不過有一個更有趣的原因，只因，我還在……

等一個電話。

或者，是一個已經永遠不會打給我的電話。

「喂！先生，有靚NUMBER！又有優惠！有冇興趣開個台！」她跟我說的第一句說話。

如沒記錯，當年還未有什麼攜號轉台的服務（MNP，電訊術語），如果想轉新的電訊公司，就只可以開一個新的號碼，那時我剛好18歲，也想由自己成為電話號碼的「主人」，所以就停下了腳步，聽聽她說有什麼「優惠」。

然後我看看她所謂的「靚NUMBER」。

「喂，小姐，128冇、168又冇，冇8冇3，有幾靚呀？」

「有有有！等等我！我收埋咗啲靚嘅！」

可能是我看似初出茅廬的……「水魚」，她就把握機會，希望可以留住我這個「大客仔」，不過，她拿出來的號碼，依然沒一個可以看得上眼，她見狀不對，就立即作出推介！

「依個啦！9、5、1！井字過三關！好特別！」她用最燦爛的笑容說：「我都想要㗎！不過見咁有緣，比咗你先！」

「見咁有緣」？很爛的銷售手法，嘿，不過，最後我也覺得䜌特別的，所以用這號碼開了台。

由那天開始，我認識了她，一個非常爽朗的短髮男仔頭女生。

那時候，我們經常聊天，我還在懷疑，是不是要我「打爆」分鐘她就會有「佣金」分，我們成了朋友，我們會分享一下生活上的點滴，比如她今天遇到什麼古怪的客人，我又轉了什麼新工作等等。我們不是情侶，不過，是由她讓我知道「男與女之間，的確是有純友誼」。

我們都不是對方喜歡的類型，大家心中或者有一秒會出現過「如果跟你一起會怎樣呢？」但只局限於無聊的幻想，不會有所行動，因為大家同時知道友誼比愛情可以更長久。大家有各自的生活圈子，但同時有一條虛線把我們連起。

她不用擔心我的壞習慣，我也不用埋怨她的壞脾氣，因為我們只是朋友。失敗時她會鼓勵支持我，成功時她會跟我一樣快樂，而且，有時「有些感覺」，一班大男孩未必能明白我，唯獨女生才會了解。

誰說男女之間就不能存在真正的友誼？

可惜，因為當年沒現在一樣，有這麼多不同的社交網頁可以連繫，而且我們都各自出現了更多不同的生活圈子，我也忘了是什麼原因，最後我們也失去聯絡了。

「你唔好轉電話號碼，我有咩心事就會打畀你同你傾㗎！」

「得，冇問題！」

一句說話，一句承諾，直至現在，我還是沒有轉電話號碼，還在等她的電話。

朋友，如果妳記得十多年前我這個「水魚」，又記得「井字過三關」這個號碼，請你聯絡我吧。

我還在「老地方」……等妳電話。

嘿。

如果你有一個這樣的「異性朋友」，別跟我們一樣，請好好珍惜這一份「純正的友誼」。

孤泣字

DON'T BELIEVE IN
YOURSELF!!

二十七樓的友情

「為甚麼你叫孤泣？」

每次訪問，都會聽到這問題。其實，因為……一個故事。

某年的7月16日，二十七樓的天台上，一支木結他、一個小型紅色Snoopy鋼琴、一位最好的朋友，陪伴我度過十四歲的生日。

「強仔，你未來大個想做咩？」我看著沒有星星的夜空。

「梗係夾Band啦！我要好似Beyond一樣紅！威仔，咁你呢？」強仔反問。

我想了一想，其實當時沒怎樣想過，只是隨口說說在腦海中出現的東西。

「我？我希望可以出一本書！」

「出書？出咩書？」

「武俠小說！書名都諗好，叫《天若有情之學校霸王》！」我手舞足蹈。

「書名好有氣勢喎！正！不過聽起嚟都唔似武俠小說。」他說。

「主角名就叫……就叫『孤泣』啦！佢係用……用……」我在思考：「用『悲哭劍』！幾有氣勢！」

「孤泣已經夠慘？仲要拎悲哭劍？有冇咁慘呀！」

「唓，故事內容大致上係講……」

「威仔。」強仔忽然改變話題，認真地問：「你估十年後，我哋會唔會依然冇女朋友，依然兩個人喺天台慶祝生日？」

我們一起看著沒星星的夜空。

「應該唔會，可能我已經結婚，我覺得我嘅初戀，將會係同我一生一世嘅人，然後兩個人好幸福咁生活，白頭到老。」

「嘩！初戀就一生一世？呢個係你今年生日願望？」他問。

「唔係啦！下年先許呢個『最愛嘅初戀』願望，今年個願望，用嚟送畀你，希望你，未來日子紅過Beyond！」

「好！承你貴言！咁就要慶祝下喇！喂，準備好未？我哋合唱！」

「好！」

那一晚，兩個傻瓜，在二十七樓的天台，唱著……

Beyond的《喜歡妳》。

就因為我「隨口噏」，結果就用了「孤泣」作筆名？

不。

故事還沒完。

2005年冬天。

強仔在加拿大，因為一次車禍去世，離開了這個世界。當年我第一次真真正正感受到失去朋友的可怕感覺，死亡的可怕悲傷。

十多二十年後，雖然，我們甚麼都也不能兌現，沒有紅過Beyond、沒有出武俠小說、沒有一生一世的初戀，但我對強仔的懷念與回憶，我們小時候真摯的友誼，依然，永遠存在，依然，永遠兌現。

或者，是上天的安排，今天，我真的成為了一個作家，在未來的日子，我決定了將會寫一本「武俠小說」，而且，會在書的第一頁，寫上這句說話：

「強仔，在天國生活得快樂嗎？我終於完成了我們當年的願望！這本書，是送給你的，

而且，是用孤泣這個筆名寫的！謝謝你，給我一段最真摯的友情。強仔，你聽到嗎？」

強仔，謝謝你。友誼。永固。

孤泣字

LWOAVIE RAY TEAM

孤泣特別鳴謝小說團隊

由出版第一本書開始，只得我一人。直至現在，已經擁有一個孤泣小說的小小團隊。謝謝一直幫忙的朋友。從來，世界上衡量的單位也會用金錢來掛勾，但在這個「孤泣小說團隊」中，讓我發現，別人為自己無條件的付出。而當中推動的力量就只有四個大字——

「我支持你」

很感動！在此，就讓我來介紹一直默默地在我背後支持的團隊成員。

APP PRODUCTION

JASON

傳說中的 Jason 是以戇直、純真、傻勁加上一點點的熱血配製而成。為了達成為一個小小的夢想，忍痛放棄一份外人以為穩定的工作，毅然投身自由創作人的行列。希望可以創作屬於自己的 iOS App、繪本、魔術書、氣球玩藝書、攝影手冊、攝影集、ヨ工具書等。
歡迎大家來www.jasonworkshop.com參觀哦！

EDITING

曦雪 WINNIFRED

愛幻想、愛看書、愛笑愛叫的怪小孩，平時所有愛做的都不會做。喜歡寫作卻不會寫，說是因為懂寫不懂作。

現實中Winnifred的化妝師，見證多少有情人終成眷屬。喜歡美麗的事物，自成一角的審美態度：「美，可以是看不到、觸不到，卻能感受得到。」機緣巧合，成為孤泣的文字化妝師。

RONALD

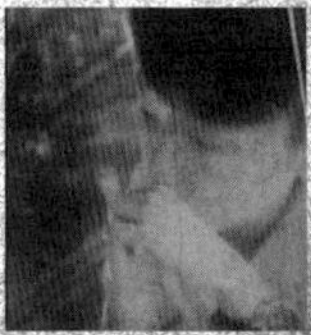

學藝未精小伙子，竟卻有幸擔任孤泣小說的校對工作。可說是人生一大幸運的事。

首喬

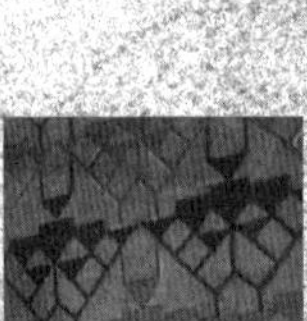

卞之琳這樣說：「你站在橋上看風景，看風景人在樓上看你。明月裝飾了你的窗子，你裝飾了別人的夢。」能夠裝飾別人的夢，是錦上添花。

I only have one person. Until now, I already have a small team of solitary novels. Thank you for your help. In the

MULTIMEDIA

GRAPHIC DESIGN

阿鋒

平面設計師，孤泣愛好者。由讀者搖身一變成為團隊成員之一，期望以自己的能力助孤泣一臂之力。

RICKY

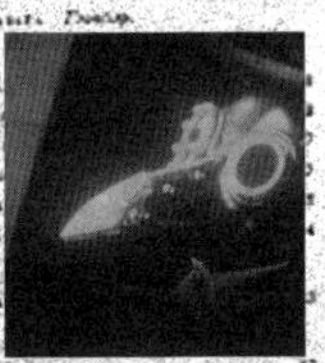

平面設計師，兜了一圈，原地做夢！感激孤泣賞識同時多謝工作室團隊，這團火燒到了我。創作人，路是難行但並不孤單。

阿祖

喜歡電影、漫畫、小說、創作，希望替孤泣塑造一個更立體的世界。

ILLUSTRATION

13

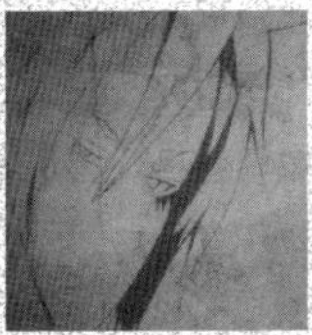

不善於用文字去表達心情，但喜歡以圖畫畫出一片天空，這片天空是無限大，同時存在了無限個可能。多謝孤泣給我機會發揮我自己，而孤泣的小說，是我的優質食糧。

LEGAL ADVISER

X律師

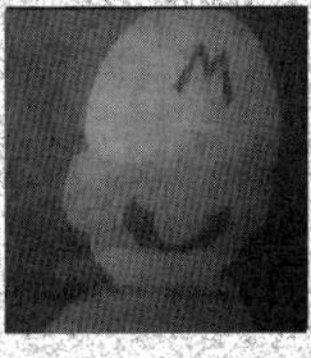

當孤泣問我如何殺人不坐監、未來人受不受法律約束時，我決定成為他的顧問，律師費請匯入我戶口，哈哈。

PROPAGANDA

孤迷會_OFFICIAL

www.facebook.com/lwoavieclub

IG: LWOAVIECLUB

A. cerebral hemisphere
B. thalamus
C. midbrain
D. pons
E. medulla oblongata
#rickyleungdesign
3. corpus callosum
4. anterior commissure
5. intermediate mass of the thalamus
6. posterior commissure
7. body of the fornix
8. septum pellucidum (lateral ventricle underneath)
9. thalamus
10. pineal body
11. Pituitary gland
12. mamillary body
13. inferior colliculus/corpora quadrigemina
15. arbor vitae of cerebellum
16. pons
17. optic chiasma
18. 3rd ventricle
19. 4th ventricle
20. cerebral aqueduct
22. spinal cord

01

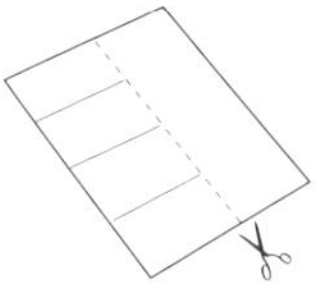

02

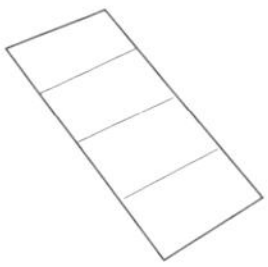

03

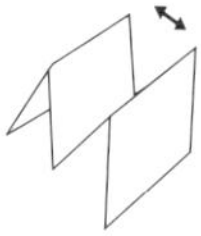

別相信記憶

孤泣作品
LWOAVIE RAY COLLECTION
01

作者
孤泣

編輯 / 校對
首喬

封面 / 內文設計
RICKY LEUNG

出版
孤泣工作室
新界荃灣灰窰角街6號 DAN6 20樓A室

發行
一代匯集
九龍旺角塘尾道64號龍駒企業大廈10樓B & D室

承印
美雅印刷製本有限公司
九龍觀塘榮業街6號海濱工業大廈4字樓A室

出版日期
初版一印 2018年12月
初版二印 2019年7月

ISBN 978-988-79447-0-6
HKD $98

孤出版

www.lwoavie.com